杉浦明平集

戦後文学エッセイ選6

影書房

杉浦明平　1991 年（『明平さんのいる風景』風媒社刊より）

杉浦明平集　目次

戦後文学エッセイ選6

杉浦明平集

（第一二回配本）

栞 No.12

わたしの出会った戦後文学者たち（12）

松本昌次

2008年8月

戦後におけるルポルタージュ文学の嚆矢ともなった、杉浦明平さんの『ノリソダ騒動記』は、わたしが未来社に入社して二カ月もたたない一九五三年六月に刊行された。従って、渥美半島の一角から時折ふらりと姿を現わし、台風一過のようにさっと去って行く明平さんとは、入社早々からいっぺんで親しくさせていただいた。以来、明平さんの文名とみに高まり、出版活動も多忙を極めはじめた一九六〇年代後半までの十数年間での、酒と編集とどちらが先か判別し難い明平さんとのさまざまな出会いの記憶は忘れ難い。三〇年ほど前の拙文「風流杉浦明平夜話」（「新日本文学」一九七九・五）を再録させていただき、その頃の明平さんの人柄と仕事の一端をご紹介しよう。表題は明平さん訳のバンデルロ作『風流ミラノ夜話』（新樹社・一九四八）から借りた。全10話のうち、スペースの関係で三話を省略。［　］内は今回の追記である。

＊

第1話　明平さんの本が多くてうんざりしたという話　さて、明平さんについて何かを書こうというのならば、まず、明平さんの著書を全部机のそばに揃えるべきである。それらをもう一度読み直すかどうかは別としてもと、勇躍して本をひっぱりだしたはいいが、その数実に六十冊ほど。唖然。翻訳は別である。〔翻訳も含め著書は生涯で百冊はゆうに越えた〕むろん、いま流行の小説家や推理作家ならば、身の丈を越すぐらい著書はあろうが、一九四八年に『ルネッサンス文学の研究』が世にでてから最近（一九七九年）の『記録文学ノート』に至る三十年間の明平さんの仕事は、まるでレオナルド・ダ・ヴィンチのように多岐にわたっており、またもや呆然。ルネッサンス文学の研究は、大学卒業後、イタリア語を夜学で修得した上での成果である。翻訳に至っては、レオナルドのほか、ミケランジェロ、サケッティそしてトリアッティまでである。斎藤茂吉・土屋文明を頂点とするアララギ派の短歌研究は、明平さんの初期の重要な仕事の一つである。むろん、近代日本文学に関する批評・作家論・エッセイは無数。『ノリソダ騒動記』をはじめとする記録文学から、最近は小説へ。『小説渡辺崋山』は、上下二冊、八ポ二段組合計一三〇〇ページ。幕末・維新の文学研究、大田蜀山人論、果ては食い物の本まで。いかに渥美半島の一角に居を構えているとはいえ、本のツラを眺めて手もつかずうんざり。

第2話　明平さんは日本のルネッサンス人だという話

といった次第で、こちらはギブ・アップ、そうなれば、羽仁五郎先生の名著『ミケルアンヂェロ』の有名な冒頭の一句――「ミケルアンヂェロは、いま、生きている。うたがうひとは、〝ダヴィデ〟を見よ」――にならって、のっけから、ご託宣を垂れるほかはない。明平さんは、いま、生きている。（それは当り前）うたがうひとは、明平さんの〝全著作〟を見よ、である。〔明平さんは二〇〇一年三月、八七歳で亡くなった〕ところが、ロシア文学とかフランス文学を修めたとなると、いかにも文学批評家・作家にふさわしいようなことになり、また、青春期の苦悩に満ちた魂の遍歴を描いた小説などでデビューすれば、明平さんもいくらか重く見られたかも知れないが、こともあろうに、『デカメロン』などといういかがわしいルネッサンス期のイタリア文学などを自家薬籠に収めて、川口釜之助こと〝釜サ〟をはじめ、およそ日本文学の登場人物としてはふさわしくない地方の農民諸氏を描いたばっかりに、また、決して東京なんぞに出ていこうとせず、海の見える村を拠点としたがゆえに、さすがの亡くなった平野謙さんも、明平さんの解説となると佐々木基一さんの批評を借用、しきりと記録文学に「推服」しているという始末。日本のルネッサンス人は、そう簡単に、既成の間尺では計りきれないのである。〔丸山真男さんが『ノリソダ騒動記』を書評で激賞、「私は改めて杉浦に脱帽し私の不明を詫びる。」と結んだことは知られる〕

第3話　明平さんは悪口雑言罵詈讒謗が得意という話

一九五〇年、私家版で出版された雑文集『暗い夜の記念に』という一〇〇ページ余りの小冊子は、いまでも〝記念〟するにたる著作だが、敗戦前後に書かれたこれらの批評のかずかずのなかに、実は、明平さんの文学精神の原形質みたいなものがあると思われる。明平さんは、戦争中、大部分の知識人が、いかれた日本浪曼派が、心底、大嫌いなのである。保田與重郎とか浅野晃とか、「参謀本部お抱えの公娼」たちを、「ミリタリストや国民の敵たちと一緒に宮城前の松の木の一本一本に吊し柿のように吊してやる」と、喧嘩や血を見るのが大嫌いな明平さんが書いたのだから、余程しゃくにさわったのだろう。保田與重郎に対し、「剽竊の名人、空白なる思想の下にある生れながらのデマゴーグ――あのきざのかぎりともいうべきしかも煽情的なる美文を見よ――図々しさの典型として、彼は日本帝国主義の最も深刻なる代弁人」と書く。一度でいいから、このくらい誰かをやっつけてみたい。戦争中、板垣鷹穂先生の〝非創造的精神〟をひとつひとつ論証し、こてんこてんに叩いた文章も痛快だ。彼、板垣鷹穂という「藪医者」の手にかかって、「ミケランヂェロは死んだし、レオナルド・ダ・ヴィンチも死んでしまった。南無阿弥陀仏」というのが、この〝雑文〟のとどめである。

（第4話＝略）

第5話　明平さんの文学批評から何を学ぶかという話　たとえば、明平さんは、正岡子規についてこう書きはじめる。――「子規をもう一度読み直すべきときが来たようにおもう。子規を包んでいる問題は俳句短歌の伝統的小詩形の運命に関連するのみでなく、もっとひろく日本文学の発展に関するもろもろの要素に深くふれている」。たとえば、明平さんは、長塚節について、こう書きはじめる。――「日本の人口の半分は農民である。が、映画を見ても小説を読んでも、わたしたちはほとんど百姓には出会わない。四千万人もいる農民が芸術の主題になるのにふさわしくないのであろうか」。このような作家論は、いわゆるしゃれた文芸批評スタイルからいうならば、およそドロ臭くて古典的でサマにならないのだが、明平さんは、敢て、このように警告する。これは日本文学に対する重大な警告であるに拘らず、都会のインテリの個人の内面世界を抽象的に珠玉のような作品に仕上げるのが文学と考えられている風土では、さっぱり問題にされないのである。なにが子規の文学革新か、なにが節の農民文学か、というふうに。しかし明平さんは、文学を一種の特権種属による特権化から解放すべく、悪戦苦闘してきたのである。あまた作家論集は世にあるが、その白眉ともいうべき明平さんの『現代日本の作家』の一読をすすめたい。

第6話　明平さんはおっちょこちょいで軽薄という話　誰もが恐らくそう認めるように、明平さんは、日常的マナーにおいておっちょこちょいであり、軽薄である。一見、深刻めかして重厚なのが文学者・思想家であるかのごとき一般的風潮に比較して、明平さんはそう見えるのである。世界苦や人生苦を一身に背負っている苦悩に満ちた〝ホモ・マジメデンス〟たちの前に、明平さんは、一陣の風のごとく軽々と現われては、わざと――ということは批評的におっちょこちょいで軽薄にふるまい、決して瞋らず、にこにこ笑い、文学のブの字も知らぬげに、できるだけえらいと思われている連中のあることないことのゴシップに花を咲かせて、かれらをこきおろし、笑い飛ばし、権威の〝陣羽織〟をはぎとり、ふたたびふわふわと風のごとく去るのである。まさにルネッサンス的〝哄笑〟の精神の現代日本版というべきだろうか、明平流というべきだろうか。それが、明平さん一流の批評の姿勢・方法なのである。おっちょこちょいなのがゆっくりしているのより低く見られたり、軽いのが重いのよりダメに思われたりすることへの、これは一種の異議申し立てでもある。もっと軽やかに楽しく文学をやってどこが悪いのか。明平さんは、伊達や粋狂でルネッサンス文学を学び、それらを自己体現化したわけではないのである。

第7話　明平さんは一月一万ページ本を読むという話　いまでこそ三分の一ほどに減量したとはいえ、かつての日々、明平さんが一月に一万ページの本を読むという話は、〝明平伝説〟の一つとして人口に膾炙している。月の終り二十五日ごろ、いまだ六～七千ページしか目標が達成されていないとなると、明平さんは、何度も読んだことのある吉川英治『宮本武蔵』全何巻などをひっぱりだし、一気に、目標に向って突っ走るのである。何しろ一万ページがそこにあるから、孤独な長距離ランナーのごとく読むのである。マジメな多くの方々にいわせれば、読書とはもっと真剣なものであり心の糧であり、学術や芸術創造の基本であり、原稿生産のモトであって、『宮本武蔵』の再読・三読などとはもってのほかということになろうが、明平さんは、そういう伝説をふりまくことによって、読書そのものを非神格化しているといえるのだ。読んでいる本の半ばに達したころ、ようやく、これは昔読んだことがある本だったと気づくこともあると、平気で豪語（?）する明平さんである。いいではないか、本などどんな読み方であろうと。問題は、それらをみずからの仕事にどう生かすかである。何しろ、明平さんは、岩波文庫のナンバー1から何千番までのすべてを読み、所有しているという。口惜しかったら一月一万ページ読んでみることである。

第8話　明平さんは酒で余計なことは忘れるという話　このごろはどうか知らないが、明平さんとどこかの喫茶店でコーヒーをのみながら仕事の話をした記憶がない。会社以外では、いついかなる時と場所でも、アルコール類が親しくつきまとっていた。つまりアルコールは、快活でダベリ好きな明平さんにとって、必要不可欠な潤滑油なのである。しかしその潤滑油も、しばしば度を越すことになる。すでに十年以上も前のことだろうか。その当時の定期コースとして、上京すると明平さんは野間宏さん宅を襲撃する。そうすると、野間さん宅から歩いて一分ぐらいのところの未来社の一室にいるわたしに、当然電話がかかってくる。そうすると、わたしも数分後には、野間夫妻と明平さんの酒宴に出席することになる。そうすると……むろん、潤滑油は猛然と度を越しはじめるのである。その時も、さてお開きということになったが、明平さんは足もとが覚つかない。車がひろえるところまで肩をかし、ようやく車で宿舎の山の上ホテルへ。意外に明平さんはしっかりしていて、部屋もちゃんと覚えている。さて、お休み下さいとベッドに寝かせて、ではさようなら。ところで翌日、会社に電話。「どうしてぼくはホテルのベッドで寝ているのかね」――いやはや、そんなことは、ボッカチオ先生にでも聞いていただきたい。

（第九話・第一〇話＝略）

凡例

一、「戦後文学エッセイ選」全一三巻の巻順は、著者の生年月順とした。従って各巻のナンバーは便宜的なものである。

一、一つの主題で書きつがれた長篇エッセイ・紀行等はのぞき、独立したエッセイのみを収録した。

一、各エッセイの配列は、内容にかかわらず執筆年月日順とした。

一、各エッセイは、全集・著作集等をテキストとしたが、それらに収められていないものは初出紙・誌、単行本等によった。

一、明らかな誤植と思われるものは、これを訂正した。

一、表記法については、各著者の流儀等を尊重して全体の統一などははかっていない。但し、文中の引用文などを除き、すべて現代仮名遣い、新字体とした。

一、今日から見て不適切と思われる表現については、本書の性質上また時代背景等を考慮してそのままとした。

一、巻末に各エッセイの「初出一覧」及び「著書一覧」を付した。

一、全一三巻の編集方針、各巻ごとのテキスト等については、同じく巻末の「編集のことば」及び「付記」を参看されたい。

カバー絵＝レオナルド・ダ・ヴィンチ自画像（部分）　トリノ王立図書館

杉浦明平集

戦後文学エッセイ選　6

ミケランジェロの夕暮

一

ミケランジェロは生れながら「神のごとき」という形容詞をそえて仰がれた。その点レオナルドなどよりはるかに世俗的な意味で幸せだった。がしかし彼は決して幸福ではなかった。世界の隅々から最大の巨匠とたたえられる老いたるブオナルロティは決して幸福ではなかった。そのことは彼の周りにいた弟子たちの書きとめた言行録によって彼自身の手紙の中にもらされている苦々しさによってまた彼の数多のソネットやカンツォーネにうかがわれる「夜」と「死」とへのあこがれによってわれわれにも今なおひしひしと感じられるのである。

彼は友人に昼飯にさそわれると、「もし諸君と一緒に飯でも食ったら、ぼくは余りに浮かれすぎるだろう。がぼくはそんなに浮かれたくないのだ。」何故かなら、「ねえ君たち、この世は泣くべきところだ。」（ドナート・ジァンノッティとの対話）と答えるし、愛する甥の誕生祝さえ眉をひそめて、「人たるものは世界が悉く泣いているときに笑うべきではない」（ヴァサーリーへの手紙）とつぶやくので

あった。或は、

夜よ、甘美なる時よ、暗けれど
安らぎもて万象をおおってしまうものよ
汝をよろこび迎えるものは目清く耳聰し
汝をたたえるものは円満具足や叡智をもてるかな

汝は湿える陰となべての静寂をかきみだす
一切の疲れし想を断絶せり
又汝は地の底よりわがあこがるるところ
天の極みにまで夢裡にしばしば連れてゆく

あわれ死の影よ、魂をみじめならしめる一切のもの
心の敵をおしとどめ
もろもろの悩みのいやはての妙薬、死の影よ
汝わが病める肉に健康をかえし
涙をかわかし、ありとある労苦を休め

正しく生きるものよりなべての怒りと倦怠とを奪い去れよ

というようなソネットを例に取ればよいであろうか。

どうして人生のたそがれにのぞんだわが偉大なるミケランジェロはそのように不幸であったか。彼は自ら称しているほど貧しくはなかった。どころか幾個所かの地所と家屋を買込み、或は死後七―八千金ドゥカーティという莫大な金を遺したほどである。名誉も光栄も彼には不足するところがなかったはずだ。もちろん「勉強好きと通暁せる芸術のたゆみない稽古とが彼を孤独にした」（コンディヴィ）ためではない。彼はレオナルドと同じように孤独を愛し、「ひとりでいる時以上に孤独でないことはなかった」し、「交際などはただ彼に満足を与えないばかりでなく、自分の瞑想を妨げるものとして不快をおぼえるにすぎなかった」のである。

それでは何がこの偉大な精神を不幸にし、最後の息を引取るまで、ひたすら悲哀と死との歌を歌わせたのか。

恐らく彼の生れもった狷介な性格も与って力あったであろう。ダンテのことで先輩のレオナルドをののしった彼、同僚ブラマンテに毒殺の嫌疑までかけた彼、若いラファエルロを許しえなかった彼の偏狭さ疑り深さは自らにも幸福を禁じたにちがいない。また彼の愛する、しかし彼をば余り愛してくれぬ俗物の弟や甥たちも同様だった。晩年のベートーヴェンが不良なる甥に苦しめられたように、ミケランジェロも生涯やっかいものの弟たちを背負いつつ歩き、絶えずねだられ、ぶつぶつ不平を聞かされ、労働へかり立てられる。「俺がおまえたちのためにこんなに苦労して働いているのが分らないのか」と彼は時々激怒してどなりつけるが、結局ブオナルロティ家のためにあらゆる犠牲が払われるのが常であった。実際、彼は甥のことを憂慮するあまり、自分の熱烈な共和主義的感情や愛国心を洩らすことすら避けねばならなかった。

そしてこの最後のものにこそ老いたるミケランジェロの悲哀の湧き出る主要なる源泉があった。

二

彼の中にいかに「熱い自由と祖国」とへの愛が燃えていたか、そのためにいかに苦闘し敗れたか、羽仁五郎の「ミケルアンジェロ」はそういう面に鮮かな光を投じているが、なおわれわれはミケランジェロの芸術作品の中に政治的闘争から来たる熱情のみによって吹込まれうる独自の力強さ輝かしさを見ることができる。

彼は彼の愛する祖国であるとともに自由なるイタリア・ルネッサンスの華であったフィレンツェ自由市の倒壊をまのあたり見た。いな、それを身を以て体験したというべきであろう。イタリアに残った自由市民の最後の牙城たりしフィレンツェ共和国の滅亡はドイツ皇帝の武力を以て遂行せられたとは言え、むしろ市の内部そのものに原因をひめていた。ミケランジェロの詩の断片にいわゆる「高き柱は倒れた……」のは、すでにその壮麗な見かけにもかかわらず、内部が腐蝕されて突風の一吹きを待つばかりだったからである。生産的な勤勉な手工業者商人は没落して共和国の名は装飾に近く、一つかみの商人貴族のオルガルキイと化していたから、もはやマキアヴェルリなど少数の観念上だけで尖鋭な自由防衛者が風に向って自由平等を叫んでいたにすぎず、真の主じたるべき大衆は奴隷化され政治的無関心にまで去勢され国家の興亡を風馬牛視していた。ミケランジェロもやはりマキアヴェルリと同じく共和国を守ろうとしたことが初期の作品を貫く主張となっている、がしかもその彼がその愛する自由市を滅した当の敵に仕えねばならぬ点に彼の晩年の悲劇がはじまったのだ。

彼の愛するフィレンツェは今勝ちほこる匪賊隊長や坊主によってトスカナ大公国として亡霊のような姿をあらわしていた。そこには淫虐な暴君アレッサンドロ・デ・メディチが、次いで小商人風に陰険で小狡いコシモが君臨し、彼の親しい友人や愛国者や自由の信奉者を迫害し追放し虐殺するのが見られた。噫、昔の壮麗さのあとかたもない。

わがミケランジェロの失ったものはただ祖国ひとつではなかった。祖国《パートリア》フィレンツェという言葉に含まれる一切が消えうせてしまったのだ。彼の夢みた壮大な芸術の夢さえ去ってしまった。彼はカルラーラの大理石山をそのまま彫刻することを夢みた、ユリウス二世廟のために何十体かの作品を目論んだ、がそれらの計画は故郷とともに霧散してしまった。けだし自由市とそれを構成する自由なる市民なくしてはあらゆる芸術は最も偉大な創造力の源たる民衆という基盤から切り放される以外に仕方ないからである。レオナルドの絵もドナテルロの彫刻も当時の市民社会の感情と交流し、その創造力の上に息づいていたのに、ミケランジェロの作品には、とりわけ、一五三〇年以後のそれには、そのいきいきした泉の水が涸れてしまったのがまざまざと感じられる。有名な「夜」や「最後の審判」の圧倒的な威圧力も明日への無限の発展をはらむものではなく、ミケランジェロの個人的肉体にのこされている市民社会の余力と回想とによってわずかにデカダンスの一歩手前で支えられ、バロック芸術に分類される運命をまぬがれたにすぎない、従ってあれらの巨大な芸術の中には破壊の叫喚と復讐の怒号とその底に限りない悲哀の流れをもつばかりで、いわゆる建設のよろこびなどないのである。

そのことはローマ亡命時代（一五三八〜九年頃）マルチェルロ・ヴェヌスティの手で描かれた肖像画に更に暗く出ている。「悲哀と逡巡とがその容貌全体を蓋うている。これぞまさしく、不安に怯え疑惑に悩まされたタッソオの時代の容貌である。痛々しいその眼は、憐みを訴え、叫び求めている。」（ロマン・ロラン「ミケランジェロの生涯」）

がしかしそれだけだったら彼は「解放されたジェルサレンメ」の芸術至上主義をうたうことはできてもあの復讐の審判の描き手たりえなかったであろう。彼はロマン・ロランの言うように「弱かった」かもしれず、王侯達に対して無気力であったかもしれぬ。がしかし王侯のたいこもちをつとめて得々たる文人芸術家を「旦那がたの駄馬」だと軽蔑していたのだ。そのときは今と同じく世界は駄馬小屋の観を呈していたのである。ともかくその帮間をののしるところに彼の偉大な作品の創り出される力がひそんでいたと言える。まことに彼の悲哀はもっと深く激しく彼の身を噛んでやまなかった。晩年に作られた三つのピエタ、とりわけピエタ・ロンダニーニ（一五五〇年頃）とパレスティナのピエタ（一五五五年）は素朴な形にこめられた悲哀の深さにおいて比類のないものとなっている。

三

事実、ミケランジェロは自分の感情をそういう作品に凝結させる以外の道を知らなかったのである。何故かなら、彼は「遠く離れていると、しばしば憂愁に陥る」と自ら言う故郷、そこに棲まんがために生涯を通じて空しい努力に骨身を削ったフィレンツェ、そのために戦争に参加するのをすら辞せなかった自由の地がもはや奴隷と暴君の穴倉となり終ったのを見て、汚された愛人に会うのをおそれるように生きて再びその土を踏まなかったからである。

コシモ大公の旨を含んで帰国の勧誘に来たチェルリーニに冷い拒絶を与えた彼が、同じ、フィレンツェからの若い亡命者たちとの会話の中で、

「ぼくはローマ市民検察官カトーが八十歳でギリシア語を習ったという話をさえ聞いたことがある。それならフィレンツェ市民ミケラニョーロ・ブオナルロティが七十にしてラテン語を学ぶのが大した仕事であろうか。」

と言うとき、何とその「フィレンツェ市民ミケラニョーロ・ブオナルロティ」に誇りと喜びとがこめられて発音されていることだろう。「生きて果せなかったから、せめては死んでから故郷へ帰りたい」とまで願いながら、彼の「花嫁」サンタ・マリア・ノヴェルラの寺を夢みながら、矢張り彼はローマで孤独な亡命生活をつづけていた。

それぱかりではない、ローマで彼はその愛する故郷を虐殺した下手人に傭われてくらしていた。それぱかりではない。実をいうと、彼はフィレンツェに残っている身内のもののために自分の共和主義的感情、自由市への回想執着をば余り大ぴらにあらわさないように絶えず小心翼々として暮さなければならなかった。ローマには共和国再建の夢を抱いたフィレンツェ亡命者たちが群っていた。わがミケランジェロは彼らと彼らの計画とに心から同感し、実際親しく交っていたにもかかわらず、ペテロのように彼らを否定しなければならなかったのである。その気持は甥リオナルド宛の手紙ににじみ出ている。

「リオナルドよ。おふれ（政治犯迫害令）のことを知らせてくれて有難い。というのはもし今まで亡命者らと話したりつき合ったりすることを自戒して来たとすれば、将来は更に深く自ら戒めるつもりだから。ストロッツィ邸（ストロッツィ家は今のフィレンツェの主メディチの仇敵でローマに逃げていた）で病臥していたことに関しても、わしはその邸にいたつもりではなく、（その邸に下宿していた）わが親友ルイジ・デル・リッチオ氏の室にいるという気持だった……そして彼（リッチオ氏）が同邸で亡くなって以来、二度と往来していない。そのことについては全ローマが証人に立ってくれるだろう。わしは一生涯そんな風であったってかまわない。何故かならわしは常に孤独でくらし、殆ど出歩かず、誰にも、特にフィレンツェ人には話しかけないからだ。がもし途上で挨拶された場合には、わしといえど親しそうな言葉で返事せぬというわけにはゆかない。それだけで通りすぎるのだよ。もしどれが亡命者か予め承知していたら、絶対に返事をしないつもりでいる。前にも言った通り、今後とも十分に自戒しよう、とくにいろいろ考うべきこともあるので、生きるのが苦しいくらいだから」（一五四八年三月頃の手紙）

これが片方で魂合う少数の友だちの間にいるときは、「暴君を殺すものは人間を殺すのではなく、人間の形をした畜生を殺すのである。何故かなら、すべての暴君は、生来各人が隣人に対して抱くべき愛というものを喪失しているから、人間としての愛情を欠き、その結果もう人間ではなくて畜生だということにならざるをえない。暴君どもが隣人に愛をもたぬことは明白である。けだし他人のものを横領したり、他人を踏付けるつもりがなかったら、奴らは暴君にはならんだろう。」（ドナートとの対話）と唱え、プルートゥスを刻み、審判を描いたと同じ人の口から出た言葉であろうか。遺憾ながらそうだったのである。彼はもはやダヴィデをつくったころのように自分の背後に巨大な民衆という支えが消え去ったのを感じていたからこのように臆病になってしまったのである。必ずしも決断力を欠く個性に原因するわけではない。かくのごとく彼は気まぐれな暴君である旧敵に奉仕したばかりではなく、自分の感情を生活から包みかくすのに汲々としなくてはならなかった。悲哀も憤怒もすべて物言わぬ言葉を以て記す以外にはなかったのである。

再びロマン・ロランの表現をかりれば、「彼は、人間の上に降り掛かる最大の不幸を極め尽したのであった。彼は祖国が攻囲されるのを眺めた。イタリアが、数世紀に亙って、蛮人の手に落ちるのも見た。自由の死滅するのも見た。彼は自分の愛するものらが、一人又一人と姿を没するのを見た。あらゆる芸術の光芒が相次いで消えてゆくのを目撃したのであった。彼は唯一人、落ち掛かる夜の闇黒の中に、最後に取残されていた」のであった。本当に、「ねえ君たち、この世は泣くべきところだ」ったのである。

光は消え　それとともにあらゆる薄明りも。
虚偽は凱歌を奏し　真理は湧き出ない。

とか、或は

……大地は裂け

山々は震え、海は濁った。

とか、或は

わが眼は数多のことに悲しまされ、
わが胸はこの世におこるあらゆることにつけて悲しまされる。

とか、待つものにおそい「死」を待ちながら、八十をこえたミケランジェロは絶望と悲哀しか歌わなかった。ロンダニーニのピエタの歌である。いつか彼がもっと若く、まだ彼の恋人にして母なるフィレンツェの記憶のなまなましかったとき、彼は自ら彫り出した「夜」に代って、

眠りこそわれに親し、石なることは更に、禍と汚辱の続かんかぎり
見ざる聞かざるこそわれに大いなる幸
されば、さましたもうな、しっ、低く語れ

と有名なエピグラムを答えたことがあったが、その眠りからさめたとき、もはや憤りさえなく、ただ崇高な悲哀のみがその後に長く来た彼の夕ぐれをみたしつづけたのである。

すでにわが生涯の旅路の果に到り着いた
はかなき小舟に身を託して荒れ狂う海を渡り
すべての人の落合う湊に、ありとある
悲しく哀れな仕事の決算される湊に
……………………
絵を描く暇も彫刻するときも
十字架の中にわれわれを迎えようと腕をひろげたまいし
かの神の愛に向える魂を和らげむとするのみ

われわれは老いたるミケランジェロの歎きに心の寄りゆくをおぼえる。がしかしわれわれの前には夕映のあとの闇黒ではなく朝焼とそれに続く明るい真昼が近づいているのである。

立原道造の思い出

この春が立原道造の十回忌だと聞いてわたしは驚いた。立原が死んだのはまだ昨日とはいわないまでもついこの間のような気がする。すでに十年の月日が流れ去ったということは信じられないような気がする。戦争が終ってから、また急に立原が近くにいるような気がしだした。何故かならまだわたしの耳には立原の声がありありと聞えるからだ。

わたしは立原がいなかったらあるいはあわなかったら今のわたしとは別のものであったかもしれない。立原もまたわたしと会わなかったら若干ちがった成長をとげたにちがいない。

わたしと立原とはお互に相手を反措定として自分の文学を展開した、もしくは展開しようとしたのである。だから彼と争わずに会ったことはついに記憶にのこっていない。彼は日本橋の小伝馬町から少し大川よりの橘町にうまれてずっと東京で育ったし、わたしは田舎ものだ。わたしが草や木を自然を愛していたのに対して彼にはすべての風景が人工的なものにしかうつらないといった。そしていつか、二人で上野から浅草の古本屋を歩いているうちに日が暮れて、町屋根の上に赤い月が昇るのを見つけて、「ほら、月だって芝居の背景に出てくるのと同じじゃないか」と妙に沈んだ声で指示したのを覚えている。

歩き疲れて休むことになるとまた争いの種になった。というのはわたしは果物が好きだがようかんとかまんじゅうというやつはのどへつまってどうしても通らないのに立原はようかんを副菜にして食べるというほどだった。昼飯を食べるにしてもわたしは辛い田舎ぐさいものかそれでなければビフテキみたいなものに限っていたが、彼はそういうものを好かないで甘いソースのかかったハンバーグステーキなどを食べたがった。

いつか浅草の奥山にある「松村」とかいうしる粉屋へ連れてゆかれたが、そこの甘ったらしいぜんざいをわたしが半分食べ切れないのに、彼は三杯も食べた。「君は女学生みたいだ」とわたしはぷりぷりしていわないではいられなかった。

「オレはにせものだ、すりだ、軽業師だ」と立原は芝居のせりふみたいによくいった。みんな作りものばかりだ、芥川だって、堀さんだって、町の人間はそうである以外ではありえないのだ、という主張だったのである。

そこで彼は自分がいろいろな他人の作品からいい言葉をかすめとって来て、自分の頭の中ででっち上げていいというのだった。つまりわたしの素ぼくな「自然」抒情論と決して合うことがなかったわけだ、だからわたしが志賀直哉を読んでいるとき、彼は荷風や横光や小林秀雄を耽読していた。

しかしかすめとれるだけとってしまうと彼にはもうその作家にたいする関心が失われてしまうらしかった。そしてその著者の本を古本屋へもって行って新しい愛読書とかえてくるのが普通だった。だから二人で口論しているうち、わたしが憤然として「何だ、あんな横光なんてくだらん」というと、彼はハッハッと笑い出した「もちろん、横光はつまらないさ」というのである。

彼の死後、彼の愛した屋根裏の部屋で蔵書を整理したとき、彼がかつて支持した荷風や横光はもとより鏡花も一冊も見かけることができなかった。高等学校生徒のころわたしに「荷風の悲しみと反逆」とを教えてくれた立原はとうにそれを捨ててハウフやアイヘンドルフ、カロッサなどに移っていた。わたしたちは有明、鷗外、暮鳥、朔太郎、犀星などの詩集の初版本を売り立てして彼の全集を出したのであった。

＊　＊　＊

立原と日本浪漫派、あるいはコギトとの関係は、萩原朔太郎のそれに多少近い。彼は一ころ福士幸次郎や千家元麿によって人道主義にさしかかったが、いつの間にかその線からそれて「コギト」を通じて完全にドイツ浪漫派のうちに彼の魂の故郷を見出した。

彼はたたかいをやめてあきらめたのである。近代市民的人間の形成を奪われたドイツ的みじめさはわれわれのみじめさと親しいものだった。『青い花』が立原のように現実を拒否した魂の琴線にいかに快くひびいたかだれにも想像できるであろう。

彼はニイチェを、またニイチェの日本版『日本の橋』をだれよりも早く担ぎ上げた。しかも自分ひとりでなく同じ建築家の生田勉や丹下健三と一しょにである。彼らは保田が最も手放しに対華侵略を文化的にさん美した『蒙彊』などという本まで押しつけて来た。すでに対華戦争に平和的解決の道がとざされていたことを思えば、今でもインテリゲンチャというもののだらしなさに憤りを覚えずには居られない。しかし立原が保田および芳賀檀との「邂逅」によって戦闘的になって来たのは、彼の肉体が崩おれようとしているのをそういう内面的な生の「決意」を以て辛うじて支えようとしていたのかもしれないとも思う。
　というのは彼に会うたびに彼が彼の鮎子さんを失い、さらに信濃追分の油屋の火事で正に焼死せんばかりに追いこまれて身心転倒し彼の肉体の底で何かが始まっているのがまざまざと感じられたからである。ある日わたしは本屋で「文芸」か何かを立読みしていたら、ふと彼の「晩秋」という作品を見つけた。

あはれな　僕の魂よ
おそい秋の午後には　行くがいい
建築と建築とが　さびしい影を曳いてゐる
人どほりのすくない　裏道を

雷鳥を高く飛ばせてゐる
落葉をかなしく舞はせてゐる
あの郷愁の歌の心のままに　僕よ
おまへは　限りなくつつましくあるがいい

おまへが　友を呼ばうと　拒まうと

おまへが　永久孤独に　餓ゑてゐるであらう
行くがいい　けふの落日のときまで

すくなかつたいくつもの風景たちが
おまへの歩みを　ささへるであらう
おまへは　そして　自分を護りながら泣くであらう

これを読んだとき、わたしは胸をつかれるのを感じた。立原のことばがあまり透明になったので、一抹の不安を予感したが、会ってみると彼はいつもより元気でますます深く古典の親衛兵を気どってわたしの「否定」的精神にくってかかったのち信濃か何処かへ旅立ってしまった。

しかしこの作品以前、若き日のモーツァルトのようにあるいは小鳥のように美しいイメージの組合せをさえずっていたとすれば、それ以後には絶えず不吉な影がつきまとい、彼がそれにあきらめを以て身をまかせているのが見られる。「私のなかでけふ遠く帰つて行くものがあるだらう」「やがて夜は明けおまへは消えるだらう、――あしたすべてをわすれるだらう」と。

それらの歌はほとんどみんな自らの挽歌といっていいほどいたましい。しかしそれは立原だけではなく、日本軍閥に圧殺された知識階級の挽歌というべきかもしれない。彼らは知恵を捨ててあきらめに似た感情で「明るい昼」を対華戦争の中に信じなくてはならなかったのだからだ。

外の空に　あふれるものは　闇
答へるものもなく見られずに……
熱くされた悲哀が　しづかにかへつて
長く長く　夜がつづく——声もなく……

というのは「暗い谷間」の入口に立ったわれわれの嘆息ではなかったか。

＊　＊　＊

彼は江古田の療養所でなくなった。痰がつまってかなり苦悶して死んだということだが、わたしはそれより数日前彼を見舞って別れたときもう永遠に会えないだろうと思っていた。わたしの心はそのころ内外さまざまの理由から非常にみじめだった。窓の外におとずれた浅い春を手鏡に写して見せてもらったというような話をしたのち、「やっぱり生きているのはいい」という彼に、わたしは「どちらがいいか分りゃしない」としか答えられなかった。そして大丈夫よくなる、という慰めはどうしても口から出てこなかった。

彼の訃報を受け取ったとき、わたしは死んだ彼がうらやましかった。そんなにわたしの心はみじめであった。と同時にそのときほど彼のいないことから孤独を感じたこともなかった。戦争の間わたしは心が暗くみじめになりはじめるといつも下谷墓地へ行って彼の冷い墓石をなでてわずかななぐさめとしなければならなかった。

しかし立原に即いて言えば彼はいいときに育ちいい時に死んだのである、自然がときどき気まぐれにつくる天才の一人であったろう。彼は歌だけを歌い終っている。そして彼がそのまま生きていたらコギト派との関係をもっと深くして「生」の「肯定」のために大きな汚点を残したかもしれない。

すでに彼の最後の半年くらい奇妙な政治的見解をよく口にするようになっていたのだから、神々は彼をその汚辱から救いたもうたのである。

彼の詩はわたしが当時感じたよりももっと美しい。彼は夜のやみの中で歌っている。それ以外に歌いようはなかったのだが、それゆえにはかなくもろく、昼の光には耐ええないと思われるほどだが、われわれの口語を、このように美しく純化した詩人としていつまでも人々に愛されるだろう。ただし彼の詩入散文「鮎の歌」その他はちょっとひどすぎる。こういうチャチなものが流行しなければいいが、と思っている。（一九四八・一・八）

明治文学と下層社会

明治年代はわれわれの近代国民と近代資本制社会の形成及成立期であるから、当然、明治の文学は広い国民文学的性格を帯びるべきはずなのに、どうも現実の明治文学はそのような魅力に乏しい。そのためかわれわれは日本文学よりも西欧文学により近親性を感じるのであった。それはどうしてか。一つの理由は、明治の文学が日本資本制社会の形成過程をきわめて屈折してほとんどそのものから遊離した形でしか伝えていない点にあろう。今でも一般に明治時代を日本近代のありしよき日として憧憬する気分が強いようであり、われわれも自分の生きている昭和初年から二十年までの日本に対照してはるかに美しい世界のように想像していたが、それではどうも文学の弱さと辻褄があわぬのであった。そうではなく、明治日本もまた『資本論』第一巻の後半で展開されているのとまったく同じ光景を目撃しなければならなかったのである。世界じゅうのどこの資本ともおなじく、女子供や小作や労働者の血で真赤によごれた口と手とをもって歴史の上に姿をあらわしたのである。われわれの国においても、どれだけの生けにえがこのマモンの使徒に献げられねばならなかったか、そういう一番肝心かなめの要素がわれわれの文学から脱落していたことを、われわれはあまり知らなかった。それは戦前には『日本の下層社会』や『職工事情』が稀覯本となっていて、ほとんどわれわれの目にふれなかったからにほかならない。おそらくこれらの書に描き上げられているようなもっとも露骨な搾取の姿が隠蔽された形でずっと残っていたから、資本家たちはそれを見られるのをよろこばなかったのであろう。わたしも戦後復刻された版によってはじめてその内容を、つまり日本資本主義のはらわたを読むことができた。これらは日本資本制社会の『解体新書』であった。

まずはじめに西田長寿編『都市下層社会』（生活社）がある。これは日清戦争以前、つまり資本の原初的蓄積の過程を人工的に急速に経過しつつある日本の内臓をあらわした呑天鈴木梅四郎「大阪名護町貧民窟視察記」、大我居士桜田文吾「貧天地饑寒窟探検記」、乾坤一布衣松原岩五郎「最暗黒之東京」等をあつめたもので、主として近代形成の過程で吹きよせられた「ぼろくずども」の姿が記念されている。ここにあらわれる貧民は、乞食や不具者や遊芸人、紙屑拾、マッチ詰、下駄直し等、ルンペンによって大部分を占められて、労働者といっても人力車夫がせいぜいである。車挽きが生産的労働者でなく、やはりルンペンと大差ないことは、中国解放後の車挽きの取扱い方で知られる（老舎『北京のどぶ』の丁四爺を見よ）。

しかるに、最暗黒の東京の主人公はもっぱらこの車夫にある。著者は人力車夫の生活の描出にもっとも力を注いでいるが、しかしついに一箇の『駱駝祥子』にまで形象化しえたわけではなかったのである。大阪ではとくに名護町の「探検」がくりかえされる。そこは明治聖代の恥部をなしていた、ということは、たんに貧民の巣窟だっただけでなく、新平民の集落でもあったからだ。この貧窮地帯は明治二十二年度出産二三一名、死亡四九二名という数字を出しているにもかかわらず、この村の人口一万にほとんど増減なかったらしい。それはやはり、「ぼろくず」がここに吹きよせられてきたからであろう。従ってここの住民は「人間並み」には見られなかったし、人間的関心もあつめえなかった。ただ「大阪コレラ病の製造元たる観」を呈することによって全大阪の官民大小ブルジョアの恐慌の的となり「移転の論議」を沸騰させずにはおかなかっただけ。このくだりはエンゲルスの『イギリスにおける労働者階級の状態』や『住宅問題』において打樹てられた定式を裏づけているようである。しかしこの本の特徴は、その中から打開の道はもちろん、その方向の暗示すら感じられないことだろう。社会のどん底におちたルンペンたちの悲惨さと絶望とはしつこいまでに描きあげられている――多少型どおりの硬くて生気に乏しいスティルによって――ものの、ここにはブルジョアとともに新しい社会をつくりだす力をもった階級はちらりとも姿を見せぬのである。（この住民が文学に入ってくるのは、戦後野間宏の『青年の環』第二巻においてである。）

横山源之助『日本の下層社会』はこれにつづく時期を取扱って、産業革命に足をふみいれた日本社会の基底にふれている。中村武羅夫によれば、横山は晩年老窮して、間借りの二階の六畳で、結核に肺炎を併発して真黒な顔色になって死ぬ時に、ぜエぜエと息を喘がせながら、聞きとりにくい嗄れ声で「中村君……これが、人生というものかねエ……」と最後の言葉をのこして死んだという。そのように最後まで才能をブルジョアに売らなかった横山の情熱がこの一冊の本にみなぎっているのをだれが感じなかろうか。横山は「ぼろくず」の巣たる貧民窟をさぐるだけでなく、手工業者から紡績や鉄工場にまでふれ、さらにこれらの工業の人的資源地帯たる農村の小作人の生活事情にまで手を拡げている。にもかかわらず、貧農小作と職工ないし都市貧民とのつながりはまだ明確には把握されていない。紡績工の「大半は募集の下に天蒼く地潤ろやかなる神が自然の美を与えたる、田舎より出でて工場の籠中に入りたるなり」という美文調の一行を除いては、「土地から自由にされた農民」のプロレタリア化についてはまったく触れていない。それどころか、横山の関心の重点もまた、明治前期の貧民窟探検記類とおなじく、人力車夫を中心とする「ぼろくず」段階におかれていたように見える。もちろんそれは横山の罪ではなく、この本が書かれたころ、まだ日本の産業は近代産業として芽を吹きだしたばかりであって、労働者階級も混沌の中に辛うじて自己の形態をとりはじめたところにすぎなかったゆえでもあろう。がしかし横山の本を読んで感銘の薄るるのは横山が資本という怪物のふるう身の毛もよだつような恐るべき事実を事実そのものによって即物的に訴えるのに耐えきれなくなって、しばしば慷慨の辞をさしはさみ、解釈をほどこす点に起因するらしい。かれの慨歎くらいで勢に乗じた資本が人情深くなるわけではないけれど、かれの正義観は思わず同盟罷工をすら呼びださずにはいられなかったようだ。もっとも、その罷工はまだようやく形姿を地上にあらわしたばかりであった（『日本社会政策史』参照）。その点でかれの慷慨は予言者的情熱をおびてはいるが、現実の重さを十分に文体に荷電させるまでに至らなかった。

われわれの見る最後の本『職工事情』は『日本の下層社会』に引続く時期に位するが、貧民一般ではなく、労働者階級のみを、組織的に取扱っている点で、新しい社会が軌道に乗って進みはじめたことを告げる。それは官庁報告であって、主観的詠歎や文学的呼びかけの一切をぬきさっているが、かえってそのゆえに、労働者の劣悪な状態を示す事実だけを積みかさねることによって、われわれにぼかされずゆるがぬ線をもった写象をあたえずにはおかぬ。しかもその調査は微細にわたって殆ど遺漏するところがない。そのため労資協調主義者のいわゆる「家族的」関係の本質もまた遺憾なくさらけ出されているのである。資本家と労働者が親子の関係でないことは

	朝	弁当	夕
三月二十五日	香物	唐菜茎	高野豆腐
二十六日	同	乾瓢	千切、蚕豆
二十七日	同	豌豆	麩生揚
二十八日	同	黒豆	唐菜
二十九日	同	蒟蒻	芋莄

というような工場寄宿舎の献立表を一瞥しただけで十分ではあるまいか。こういうものを食わせておいて、最低十二時間の労働をさせる。生糸女工のなかには毎日平均十五時間という例が通常化されている。それればかりか「市場ノ好況ヲ呈スルニ及ヘハ頻ニ労働時間ヲ延長シテ其生産額ヲ増加センコトノミ之レ務メ一日ノ労働ハ十八時間ニ達スルコト屢々之レアリトス」。そのうえ徹夜業がある。普通でも衛生上有害なのに、欠勤者が多い場合には「昼業ヲ終ヘテ帰ラントスル職工中ニ就キ居残ヲ命ジ遂ニ翌朝ニ至ルマデ二十四時間ノ立業ニ従事セシムルコト往々之アリ甚シキニ至リテハ尚此工女ヲシテ翌日ノ昼業ニ従事セシメ通シテ三十六時間ニ及フコト亦稀ニ之ナシトセス」。かかる酷使の結果として疾病や堕落をも隠さずに統計で、また聞取りとして報告している。そしてこれらすべてを裏づけるように、附録には工女虐待の実例が列挙されてある、が中でも、埼玉県の工場主金子某の機織工女虐待事件の報告は凄惨目をおおわしめる。この一件は県知事の報告にはじまって裁判所の判決文をの

せ、続いて時事新報の記事を転載している、その記事は惨虐な拷問をば、幾人もの口を通して語らせているため、四十年後南京やマニラにおいて世界的規模で展開される惨虐行為がいろいろの角度から照らし出されることになり、レントゲンの断層写真を見るに異ならぬ。決して二十円の借り眼鏡でながめる立体映画のようなチャチなものではなく、息づまりそうな圧迫感をまぬがれがたい。

この『職工事情』の重点は繊維工業労働者におかれている。人力車夫の時代がすぎたのであろう。鉄工、マッチ・セメント・ガラス工、印刷工についての報告も続いているが、紡績女工や製糸女工ほど整然として全日本的規模をもっていないようだ。それは明治三十四、五年において、造船業等もっぱら政治の保護奨励に依存して成長しつつある産業もあったが、日本の「資本制的展開の真なる基軸は……既に政府から独立生長をしていた綿糸紡績業であった」（豊崎稔）ことに照応しよう。

以上のすべては、もっとも大きな文学の主題たりえたし、かつ文学なるものはかかる流を反映せねばならなかったはずだ。が明治文学はほとんどこれらの貧民や職工と無縁のところで営まれてきた。

内藤湖南が明治三十年発行の『涙珠唾珠』の中で

「工業の中心と聞ゆる大阪の若き、月々に地方より駆り集め来る童男童女、筋骨も未だ具らず、教育も未だ終へざるが、量少き粗食、価値低き賃銀の下に、激しき労働、若くは運働乏しき職業を、十二時間、単調に強つけられ、体は痩し髪は耗し、得堪へざるは医薬看護も覚束なき旅の空に、暖かき故郷を慕ふ心を慰めるすべもなく、二葉の間に枯れ落つるもあらん。堪へ得る者は、一種畸形の発達を為す。四天王の足下にふまへられし鬼形などゝも見ゆべき醜き体格と倣り了り、女子は放し飼され し獣の欲遂げ易く、又其の得る賃銀の其の衣食を支へ難きより、いふべからざる汚穢に染み、あるは前借、清還しかねて古の苦界に沈みし娼婦と同じさまに墜落するなど、あさましき事の体たらく、教家が其の身を道に献りて為すことあるべき境遇、眼前に乏しからず。教義の是非、大小乗の注義、博労淹通の鼻くらべ、それもあしからじ、但だその為めに此の半面の世態を忘れ去らんには、罵仏呵祖の手腕も徒事にあらずや、心すべき事なり。」と仏教家に向って与えた忠告はそのまま文学者にもあてはまったにちがいない。わたしは明治文学にうといのであるが、管見にふれたかぎりでは、広津柳浪の「雨」が長雨であぶれた人力車夫の家の悲劇を扱っていたし、硯友社の小説、とくに鏡花には、あるいは没落してゆく職人や身売りするその娘などもとりいれられていそうな気がする。がたとえ取り入れられていても、それはかれの耽美趣味のつまにすぎないのであって、その階級の現実に同情と関心とをもっていたわけではない。従ってわれわれはさきにも述べたように『駱駝祥子』のような、当代の人気もの人力車夫のリアリスチックな文学的映像をもたず、せいぜい令嬢夫人や紳士のお供としてあまり人間的関心を引かない端役を演じるところしか見ないのである。まして近代日本を築いた人柱たる紡績女工や製糸女工はどこにも姿を見せない。目の前を急激な産業革命が展開して行ったのに、われわれの文学者は一篇の『メアリ・バートン』をも書かなかった。いな目の前のものが見えなかった。明治の現実の中には、ディッケンズやバルザックの登場人物たちがうようよしていた。たとえば、「最暗黒の東京」に出てくる伊香保の土窖に群居している盲人中のボスや『職工事情』附録における女工を虐待拷問する工場主某のごとき怪物はそのままディッケンズの長篇小説で活躍させることができるではないか。背景もこれら三つの本において描かれているところで不足はないはず。こういうすばらしい背景を利用せず、こんなすばらしい性格を登場させないで終ったということは、国民文学成立の条件をば闇から闇へ葬ったことを意味し、従って今あるごとき魅惑乏しい文学史にちぢまってしまったのも当然であろう。客観的条件は成立しても主体的条件を欠くために、うまく行かないというのは、すでにそのころから日本社会の特性をなしていたのだろうか。ともあれ明治文学そのものより『職工事情』や『下層社会』の方が社会像を描くべくしっかりした線描をもっていて数倍も文学的であるような気がする（一九五三・七・三一）

アイヌの人、知里さんの想い出

わたしが第一高等学校に入ったのは昭和五年であった。田舎からぼおっとして出てきて当時本郷にあった一高の寮に入ったが、一室に十二三人ずつ詰めこまれたうえ、寮の不潔さと殺風景なのは、わたしの心をめいらせてしまった。庭には桜の老樹が並んで蕾がふくらんでいたけれど、その下草はふみしだかれて紙屑で埋まって、殺風景をますばかりであった。

指定された明寮《めいりょう》八番室に入って、傷だらけの机——真中に本立代用の箱がおかれている大きな四人用の机が三つ並んでいた——に買ったばかりの教科書やノートを並べてしまうと、十二人はお互いに名乗りあった。わたしの隣に腰かけたのは、かなりの年輩と見えて、鬚を剃ったあとも青々とした角ばった顔で、眼鏡をかけていたけれど太い眉の下にやや深く落ちくぼんだ眼をしていた。「チリマシホです、室蘭中学を出ました」と深いバスで自分を紹介した。

すると室に入ってくるなり、小リスか二十日鼠みたいにチョコチョコ動きまわって一人々々に早口にじぶんの名を知らせていたIという小柄な男が「ほほう、北海道かい。チリ君とやら、北海道なら熊とアイヌを見ただろうな。アイヌって、どんなつらをしとるね」となれなれしそうに言った。

そのとき知里《ちり》という生徒の顔色がさっと変ったように見えたが、すぐに苦笑をして、「ぼくがアイヌ人だよ。そう見たければよく見たまえ」と言った。

　わたしはその何げない声のうちに胸をつかれるようなひびきを感じた。がIはちょっと間の悪そうな顔をしたが、「ハハ、なるほど、君の顔はアイヌ人らしいな。熊狩をやったことはあるだろうな。どうして入墨をせぬのだい」と見くだすように言った。

　それがわたしと知里真志保《ちりましほ》君との一高生活のはじまりであった。わたしは十八だったが、知里君は中学卒業後村役場か何かにつとめていたのをやっと援助する人があって上京したため二十二三になっていた。かれはいろいろな苦しみをなめていたのだろうが、すれたところがなかった。ただアイヌ人が差別待遇をうけて、アイヌ保護法と称する法律によって昔のまま、入墨をしアッシを着せて小舎の中で生活させられている、しかも北海道見物の物好きな連中の見世物に供せられていることを憤っていた。たまたま一高の入学試験で国史の問題として「エゾ経略の歴史について述べよ」というのがあった。知里君は「人をばかにしている。ぼくは、『この顔を見よ』とじぶんの顔を描いておいたよ」というのがつねであった。答案に似顔を描いたかどうかはべつとして、こういう民族的侮辱が知里君の心をいかにいためたか、察せられた。

　とくに同室のIのごときは、何かにつけて「君たちのようなアイヌでも」とか、「アイヌでもぼくらとおなじようにできるのかい」というような口調をつかった。そのたびに知里君の表情はキュッと緊張するのだが、かろうじておさえているように見えた。Iは四尺八寸そこそこで、顔も造作も何もかも小さくできていたが、器用で、厚かましく、明寮八番室をわがもの顔にふるまっていた。そしてタバコのやにで黄色にかわった歯を出しながら、じぶんが郷里でどんな秀才であり、しかも女性に愛されたか、というはなしをくりかえした。知里君は本立のかげでわたしの方を向いて、「フフフ、女のふところに入ってしまうから可愛がるにはちょうど手頃だろうよ」と嘲った。

当時一高は夜の十二時になると門がしめられた。それ以後寮へ帰るものは、必ず正門を乗りこえて入らねばならぬ、ということを入寮式に全寮委員長から申しわたされていた。正門以外から入るものは犬と給仕と御用商人だけだということだった。わたしたちも一度正門を乗りこえてみたいと思ったが、わたしも知里君もまだ酒など一滴も口にしない時分だったので、十時すぎに外出したが、時間のつぶしようがなかった。二人は、Ｉのわる口や中学校時代の思い出などを語りながら、月の照る西片《にしかた》町《まち》十番地の寝静まった道を何度もぐるぐるまわった。佐々木信綱の標札を見出したのもそのときのことである。朴葉《ほうば》の下駄を踏んでいる足の裏が痛くなるまで、歩きまわって、正門前までもどると、まだ門は開いていた。もう一度西片町を散歩してくると、今度は、門衛が出てきた。そこでわたしたちは重そうに扉がとざされ、カンヌキがおろされるのを待って、市電のレールをわたった。こうしてはじめて正門を乗りこえるという大仕事をなしとげることができたのであった。

わたしはそのころ田舎の少女を心の中に抱いてあこがれていた。ノートの端などに少年らしい甘い短歌を書きつけたりしたものである。

そして友だちが見てくれるように、わざと机の上にひろげておいたりした。ある日、散歩からもどってみると、壁に知里君の字で落書がしてあった。正確には記憶していないが、上の句は夕ぐれ明平が涙を流しておるという意味の十七字で、下の句が「お千代《ちよ》笛吹く」という三十一字である。千代というのは、わたしの愛していた少女の名前で、その少女が麦笛を吹いてるなどという和歌をわたしがつくったので。知里君はそれをもじったのである。こんなささやかな思い出にも青春の哀歓がこもっている。

さいごに、Ｉは他人の日記や手紙まで勝手に読んで、Ｉの悪口でも書いてあると破り捨てたりするようになった。そしてある夕方、中国留学生の殷《いん》君に向って「君たちチャンチャンは」と言った。殷君は六尺近くもある骨太い満洲人だったし、いつもニコニコ愛想よくふるまっていたので、Ｉはしょっちゅう馬鹿にしていた。

がこのとき殷君は顔色を変えて「何ですか、ぼくら中国人をばかにするんですか」と片言まじりにＩにつめよった。Ｉは殷君の半分ぐらいだった。「チャンチャンといっちゃ悪いのかい、悪けりゃやめるよ」とＩは狼狽しながらも小生意気な態度をかえなかった。殷君はどなりだした。Ｉは小さくなった。知里君もわたしも殷君に味方した。なぐりはしなかったが、この事件でＩの勢力は一ぺんにくつがえった。

知里君はあとあとまで「なぐっちまえばよかった」とつぶやいていた。

善良な知里君が心から憎んだこのＩは、大学を出ると官吏になり、要領よく出世したらしいが、このあいだの造船疑獄で逮捕された、と写真入りで新聞にのっていた。知里君の方は、学界からも人種的差別をうけて、苦しい地味な研究を、二十年にわたってつづけてきたが、今度はじめて朝日文化賞をもらった。

それは、当然の賞であって、むしろおそすぎるくらいであるが、Ｉの没落と前後しているだけに、二人といっしょに一年間くらしたわたしは感懐をもよおさせられる。

一高には天下の秀才が集っているといわれていた。がわたしがほんとうに驚嘆したのは、同じクラスでは知里君の語学的天才しかない。

知里君は「何とか語四週間」というのを買ってきて、二週間ぐらいで読みあげた。それだけで、一応その国語が読めるのであった。

こうしてわずかのあいだに数カ国のことばを片づけてしまった。

こういう天才は一高でもめったに出会わなかった。

尚江の朝鮮論

日米行政協定等々によって半植民地的隷属を強いられているいま、わたしは、日本がおなじような条約を朝鮮におしつけたときのことを思わずにはいられない。日露戦争ののち日本帝国政府はまず日韓協約によって朝鮮から軍事外交権をうばい、やがてこれを合併してしまった。アメリカ帝国主義もアジアにあらしのように吹きおこる民族独立の叫びがこれほど強くなかったら、日本を完全に属領化することをも辞しないにちがいない。すでに日ソ交渉の場所すら、アメリカでひらかれることになったではないか。日本を完全な植民地にしないで支えている力は、中国であり、ヴェトナム、北朝鮮の独立運動の強さであり、その影響と国内からわきおこっている解放運動だけである。

ところで、黒田寿男によって全く正しくも日米行政協定の母型として指摘された日韓協約にたいして、日本の文学者がどのような反応を示したか、知りたいと心がけてきたが、ほとんど手がかりがなかった。啄木の歌には多分朝鮮合併を歌った作品があったようにおぼえている。朝鮮側の憤激と売国とについては、戦後いくつか生ま生ましい資料にふれるたびに、その屈辱感と憤りがそのままじぶんのものであるのを感じたが、侵略者側に立った明治の日本では暴虐を批判する文学者に出会わないでしまった。

さいきん、木下尚江の評論集『飢渇』をひもとくに及んで、やはり、この日本の侵略行為をまともにとりあげ、被害者側に立って発言しているのを発見して、いささか心が軽くなるのをおぼえた。日本の文学者として多少とも情状酌量の可能性が与えられたからである。

もっとも尚江の「朝鮮の復活期」と題するその論文は四ページあまりでごく短い。が明治三十八年十一月十七日、京城の韓国宮廷で日韓協約が結ばれた直後に書かれた生ま生ましさを今もつたえている。

協約締結は、宮廷内ではおだやかに、というより皇帝、大臣らの卑屈さのゆえにおずおずとして進められたが、一般朝鮮民衆の中には協約破棄を唱えるものがあり、その形勢すこぶる不穏だったので、南山倭城台一帯の山には日本軍を配備し、十七、十八両日は旧王城前と鍾路附近では歩兵大隊、砲兵中隊、砲兵連隊の演習があった。つまり日本軍は朝鮮人民の蜂起にそなえて示威をおこなった。そのために協約反対派は起上ることができなかった。

日本の新聞すらそのように報道した。尚江は「見よ、韓国民は自国の滅亡を決して袖手傍観したるにあらざるなり」と感動している。しかも前外務大臣閔永煥は皇帝がみずから国をほろぼしたのを憤って自殺した。閔の母もまた自殺した。元老趙秉世は轎の中で毒を仰ぎ、「生きて亡国の悲惨を見るに忍びない」と言いおわって絶命した。そういうニュースが入ってくる。

こういう悲壮なニュースを聞いた尚江はこういっている。――われわれはいつ韓国民が富強になって自主独立をみとめられるか知らない。というのは日韓協約の前文では、韓国の富強の実をみとめるときまでこの条約は有効であると明言しているからである。（この点でも日米協定にそっくりではないか。）がわれわれは日本政府が永久に韓国をほろぼそうという野心をもっていないことをしばらく信じたいとおもう。（このしばらくは強いイロニイをもってひびいてくる。）そして今後何年の後にか韓国人民が富強の実をそなえ、一国独立の面目を恢復しようと企てるばあいには、かれら三人の殉国の精神は必ず火焔のごとく愛国の志士の胸の底で燃えあがるであろう。かれら三人の血はけっして空しく流されたものではないと、われわれは信じる。

尚江は朝鮮の独立を朝鮮人民とおなじように熱くねがっている。そうでなければこのような発言はできない。

しかし次の方がさらに辛ラツだ。

――協定第五条には「日本政府は韓国皇帝の安寧と尊厳を維持することを保証す」と言っている。だがしかし韓国皇帝の安寧と尊厳とはかならずしも韓国人民の安寧と尊厳とではないのである。見たまえ、韓国人民の不安と貧困とはこれ主として韓国皇室のせいではないか。韓国皇室はじつに富有である。皇室の富有なのに反比例して韓国人民はいかに貧困なることであろう。やがてある日国民が慨然として復活してくるとき、かれらが果して皇帝とどのような関係を保って活動するだろうか、われわれの予言のかぎりではない。

ここでかれは朝鮮を売ったものが朝鮮の皇帝であったことをあばいている。支配階級は自己の利益のためには、売国をもいささかも躊躇しない。そのことは日本でも戦後に何回も目撃したとおりである。いな、日本の対米降伏は、この日韓協約第五条そのまま、第二版ではあるまいか。

しかしこのくだりを書いているとき、木下尚江の写象では朝鮮皇帝はそのまま日本天皇とぴったり重なりあっていたと見ても、けっしてうがちすぎではあるまい。尚江は、必ずしも社会主義者ではない。むしろブルジョア的共和主義者であった。が封建階級を打倒屈伏させないでこれとの妥協の上になりたった明治社会ではブルジョア共和主義はしばしば初歩的社会主義よりも鋭く危険でありえた。幸徳秋水すら、国体批判を避けて、天皇制の下における社会主義を信じていたころ、尚江は、天皇制こそ日本のあらゆる不幸と反動との集中的表現であり、根源であるのを知っていた。もちろん、かれは日本社会の支配力が封建的貴族からブルジョアジーに移っていることを正確にとらえていた。明治末年ともなれば、元老の偉力はおとろえて、資本家に権力が移ってしまった。いな、元老の権力はただ資本家との連合によってその惰性をたもっているにすぎない。しかもジャーナリストは、内閣が資本家を歓待してことあるごとにその意見を徴するのを見て、政府が国民の利害を尊重する兆候と見なしている。「愚なる哉、資本家は国民の利害を代表するものにあらず、国民の利害の名によって自家の腹を肥やすに過ぎざるなり」とブルジョアの性格をもとらえていた。が天皇制の禍害については、当時のだれよりも激しく攻撃するのをやめなかった。日本の天皇は韓国皇帝よりさらに何十倍か富有であって、つねに安寧と尊厳とは維持されている、がそれは日本国民の幸福とは何の関係もないことである。それどころか皇帝の富有なのに反比例して日本人民はいよいよ貧しく苦しいのではないか。

この点で、尚江の予言は、いま、われわれがそのまま体験しているのである。そしていつの日か日本に真の自由と独立とがとりもどされる日に、日本人民と皇帝との関係がどのようなものになるか、われわれもまた予言できない。いな、予言できるのである。さいごに尚江は、侵略国民としての日本人の態度をするどく非難する。

——ああ韓国は亡びてしまった。（永遠の滅亡ではないだろうけれども。）そしてさきごろまで韓国の独立を唱えてカンカンガクガクだった日本の学者批評家志士仁人は、今や自国の滅亡に憤慨する韓国の愛国者を指して「頑冥の徒輩」と嘲弄している。われわれはどうも日本の輿論というものの中に偉大な国民らしい同情心を発見することができないのである。

この結びの一節は、とりわけ、痛烈にわれわれを刺す。日本帝国は韓国の独立を名として清国とたたかいロシアと干戈をまじえた。そのころ日本のジャーナリズムは、韓国独立の叫びにみちみちていた。ところが日本が朝鮮を強制的に隷属させたとなるや、朝鮮人民の独立の叫びに耳をかさない、日本のジャーナリズムは、御用学者、御用記者ばかりからなりたっているのだ。民族の独立を尊重するのは、どの民族としてもりっぱなことである。朝鮮民族もまた独立をまもるのはりっぱなおこない。自分の国の滅亡を手を束ねて傍観しない愛国者をば「頑冥の徒」と嘲弄する権利がだれにゆるされているか。だれにもゆるされない。そういうことをいうのは、とくにかつて朝鮮の独立をたたえた帝国大学教授や皇道主義者どもがいうのは、前後矛盾しているばかりでなく、その連中の中に、日和見主義につらなる売国性がひそんでいるのをいささか洩らすものであった。尚江はそのうすぎたなさを敏感に感取しえたのである。

われわれは、帝国主義侵略国の御用ジャーナリスト、学者どもがつねにそうであるのをやはり身をもって経験した。本人たちは、善意をもってであろう。がビキニの水爆実験が何の罪もない日本の海や空や土におそろしい禍を降りそそいだとき、アメリカの文化人なるものやジャーナリストどもは何と言ったか。日本は共産主義からまもってもらうためにそのくらいの被害はしのぶべきだ、と言った。そんなことをさわぐのは、ばかだ、とも言った。日本人の中にもアメリカ人に同調しておなじような説教をほざくやつがいたし、今もいる。それらの血の煮えくりかえるような一言々々をきくたびに、わたしは、じぶんの父祖の罪劫がわが身に報いてきたように感じる。その一つびとつに思いあたるふしがないではない。が尚江のことばにふれたとき、われわれは罪ばかり犯していたのではない。小さいけれど、徳も積んであるのを見出して、ほっと一息つくことができたものだ。

明治の社会主義文学はじつはまだじゅうぶん発掘されていない。天皇政府によって地下ふかくおしこめられたまま、われわれに掘り出されるのを待っている。木下尚江、田岡嶺雲みなそうである。乏しいけれど、貴重な蜘蛛の糸のような存在といわねばならぬ。

陽の当たらない谷間

「部落」といっても、名古屋から東の人々にはあまりピンと来ない。部落とは大字のことだろうくらいにおもっている。だから、ひとと話をするばあいにも「うちの部落では」などと平気で口にしているようだが、関西へゆくと、この「部落」ということばはぜんぜんちがった意味と感じとを帯びて発音される。それは関西では部落とは未解放部落のことだから。

未解放部落。明治四年八月二八日に明治政府が太政官布告六一号をもって「穢多非人等ノ称被廃候条、自今身分職業共、平民同様タルヘキ事」という解放令を発布してから法律的にはそういう部落は存在しないはずであるが、実際には日本じゅうのいたるところに解放されない部落が残っている。東京の都内や近県にも残っていて、多かれ少かれ昔どおりの差別をうけているのである。大正一一年に水平社運動がおこってから、表向きに侮辱したり差別したりする例はすくなくなったけれど、部落に住んでいる人々は依然として別扱いにされている。

今度もわたしが吉野山の麓にある某町に一夜を明かして、朝出かけるとき、宿屋の女中さんが、「これからどちらへおでかけですか」とたずねた。

「堺の耳原へ」

「耳原でっか」と女中さんは声を落していった、「耳原にはこれが住んでまっせ」

女中さんは四本の指を示した。部落民のことを昔から「四ツ」と呼んでいるのである。

「知ってるよ」とわたしの答えかたがきつかったのだろう、女中さんは顔色をかえた。

そのときわたしの感じたことは、どんなに一般の人々の間に深く部落との差別意識が働いているかということであった。奈良県の山の中にいる女が大阪府の耳原という小さな群落を未解放部落として知っているのである。

吉野の宿屋の女中さんだけではない。京都でも大阪でも、三条裏とか西浜とか、河合村とかいうと、何でもない人が「部落ですな」と声を低めていうのであった。

ほんとうに、部落の人々が何か差別待遇をうけているのだろうか。わたしは京都へ行って、解放同盟の三木さんの案内で、七条内浜の路地を歩くまでは、信じることができなかった。部落問題は「破戒」の丑松で終って、今では山奥かどこか、よほど文化のおくれた田舎にあるだけにちがいない、とおもっていたのである。ところが内浜は京都駅のすぐそばだ。東海道線の列車が逢坂山のトンネルを通りぬけて京都駅のプラットフォームに入る右側。その町へ入ってゆくと、道らしい道はなく、狭い路地ばかり、それも袋小路が多くて、案内がなくては通りぬけられないような抜け路でつながっていた。家は古くて、中には二階が二十度くらい傾いているのもある。けだものの皮から出る臭い、内臓を焼くにおい、さまざまなにおいが路地にこもっている。水道がなくて横町ごとに一つの井戸があって、おかみさんたちが集まってバケツに水を汲んでいるのも珍しい。町のあいだを流れている川は、鴨川や疏水とちがって汚物をたたえ、臭っている。ともかく京都の真中に水道もなければ自動車のはいれる道もない町がぎっちりつまっているのを見たのであった。

奈良県の大正村の小林もそうだった。小林部落は、七条内浜とちがって、都ではなく、大和の片隅である。橿原神官からバスに乗って、畝傍山の裏をぐるぐるまわりながら、五〇分もかかるところだ。村は南葛城山一六〇メートルの山腹にあるから、嶮しい坂道を呼吸を切らしながら登らねばならぬ。小林部落はちょうど温泉地のようなところだ。三五〇戸が〇・一平方粁という狭いところに並んでいるのだから、猫の額ほどの空地もないといっていいぐらい。嶮しい谷間に細長い家がぎっちり押しあいへしあい建ち並ぶ。人口密度は東京都よりもはるかに高いといわれている（五、三九二人）。大きな屋根はお寺だけだ。

この二月のはじめ、わたしは「ラジオ東京」の人たちと、この小林の子供たちの通っている大正中学で、部落の少年少女たちから話をきいた。この中学には小林だけでなく、鎌田、西松本という部落からも通っている。中学の西口先生がえらんでくれた二人の少年と三人の少女にアナウンサーのS君は「君たち何して遊ぶ」とたずねた。

「学校帰ったらね、スリッパつくるんや」

と五人とも答えた。土曜の午後と日曜もやっぱりスリッパつくりに工場へゆく。

「畑が一反しかないんで、お父ちゃんは出稼ぎに行っとるの。うちでもお母ちゃん困ってたら、お隣の人から、たかちゃん、ちょっとスリッパへ行ってみるか、といわれたので、近所の家へ出かけるようになったの。四、五人働いているわ。普通夜の八時頃までね」

「ぼくらは、おそいときには、三時までなんだ。朝の三時や。二学期はお正月前のかきいれどきで、毎日一二時までやった。学校へ来ても眠くてたまらなかったなあ。頭がボヤッとして先生のいわはることが、わからないんや。試験だって、だめやった」

S君「試験のときは休めばいいじゃないかね」

「いや、忙しいときにやらんと、暇なときに断わられるやさかい、試験でも行かにゃならんのや」

「そいでも今は仕事がないからスリッパは休みや。しかしなまける習慣がついてしまったから、勉強できんわ」

部落はまずしいので、二五〇名のうち六〇名の子供が学校へ出て来ない。大部分は近所のスポンジ工場で働いて一五〇円の日給をかせいでいるのである。

「それでは、君たち、何か差別をうけたというようなことはないの」とS君がたずねる。

子供たちはだまってしまった。かすかな苦痛が顔にただよっていた。

「ぼくはないんだけれど、ぼくの姉ちゃんがね」とO少年は語りだした。「御所町へ裁縫習いに行ってたんや。だけど或日家へ帰るとすぐ二階へ上ってしまったんや。ぼくが二階へ見にゆくと、姉ちゃん泣いていて、ぼくに『あっち行け』と怒りやはった。ぼく下へ行ってお母ちゃんに『姉ちゃんどうして泣いてるのか』たずねたら、『子供は余計なこと聞かんでもええ、黙っておれ』といわれたが、お母ちゃんも泣きそうな顔しておられた。そのときはぼくにはわからなんだが、いまじゃよくわかった。姉ちゃんは裁縫へ行って、部落の人間だといわれたんや。それからあと、姉ちゃんは裁縫へ通うのをやめてしもうたし、とても陰気で笑わぬようになった」

学校ではどうなのだろう?

「学校では差別はないんや。この学校は同和教育(部落民を差別しないようにするための教育)が盛んで、先生も気をつけてくれやはるしな」

「そいでも」と、N少年が付け加えた、「学校でも、あそぶときは部落のものは部落のものだけであそぶし、遠足でも部落のものは部落のものといっしょだな」

O少年「そいでも学校の中はまだええ。御所の町へゆくと、町の子供らが『あいつ、部落のやつや。なぐって来い』と小学生をけしかけて、ぼくらを叩かせるんや」

N少年「映画を見にいって席があるんで腰かけようとすると、隣にいる大人が『おまえどこや』とまっさきに聞く。小林とか西松本とかいうと『おまえ、坐っちゃいかん。向うへゆけ』と坐らせてくれんのや」

O少年「御所で会うとね、学校ではどんな仲よくしている友だちでも、ぼくを知らん顔してゆくんだ。もしこちらから挨拶すると、仕方なく挨拶しても、声はかけないんだ」

少女たちも一せいに発言しだす。

「ナラワ(一般の村)の子とは、友だちになれんのや」「カッポウの時間にも、部落でないものはじぶんたちだけで一方に集まるの」「写生のときも」「遠足のお弁当を食べるときも、そうや」「表では何もいわんが、かげでコソコソ何かいうわ」「みんなが話しているところへわたしがゆくと、みんなバラバラに別れてしまう。先生がいるときは、そういうことせんのだが」

少年たちはもとはじぶんがきらわれているとおもっていたが、今ではじぶんではなく、じぶんの住んでいる村のためにきらわれていることに気がついた。いじめられたことを家へもどって話すと、親たちは「一般の人のところへ近づくな」というのだそうだ。

　この少年少女の家は学校が退《ひ》ければ、内職しなければならぬほど貧しい。上級学校へはゆけない。外へ働きに行きたくても、部落のものだということで、どこの工場も会社も採用してくれない。現に、Ｏ少年は、学校の成績も優秀なので学校に求人があったとき、学校から推薦されたけれど、その後音沙汰がない。Ｎ少年も工場の試験はパスしたのに、部落の子とわかったら、だめだった。

「お母ちゃんはしょうがない、あきらめなよ、というけど、ぼくはあきらめきれない」

　後で校長先生も「同和地区（つまり部落）の出身者は一人も就職決定を見ない。これは差別されているためだろう」と述べている。

　少女たちは五人とも洋裁の先生になりたがっていた。が、だれもみんな貧乏だし、部落の出身だから、その希望は達せられない、と感じていた。かれらの叔父さんや姉さんは京都や大阪へ出て行った。一生けんめいで在所をかくしたが、在所がわかるともうつとめていられないで、故郷へ引揚げてきたのを見ているからである。残された道は部落の金持に雇われてスポンジ草履をつくることだけしかない。

　しかし、最後にＯ君はけなげにいった。

「だけど、ぼく、部落に生れたことを悲しいとは思わない。これはぼくの生れた故郷だ。ぼくは村を美しくよくしてゆくつもりだ」

「わたしたちもそうや」と少女たちも口々に叫んだ。

メンソレタームの町、近江八幡市の部落は、ほとんど靴をつくっていた。貧乏人が多いけれど、一九五〇年ごろの靴景気でもうかったし相当の金持もいる。しかし上級学校へはだれもやらない。というのは学校を卒業しても部落の人間とわかれば就職できない、とみんな信じているからだ。去年初めて彦根の短大を出た娘さんも、県内では職が見つからず、身元の知れない大阪へ出て保育園につとめているという。立命館大学へいっているT君が就職できるかどうか部落じゅうのものが注目している。T君がいい会社へでも入れたら、うちの息子も大学へやろう。T君がだめなら、金をかけるまでもない、中学かせいぜい高校を出して靴作りを習わせよう。——はじめて八幡町をおとずれたとき、青年たちはそういっていた。

それから二月たって、わたしが再び近江八幡を訪ねた四月には、駅から町に至る二粁の田んぼ道の両側に、菜種の花がまぶしく光っていた。その晩T君たち九人が集まった。T君は自治体に臨時雇として働いている。若い女性が三人まじっていたが、その一人は短大を出て大阪で働いていたT子さん、もう一人はA子さん。

集まっている若い人々はみんな不当な差別の経験を身心の内にしみこませていた。子供どうしでさえ「あんた××（部落の名）か」ときかれる。本能的に「そうやない。でも××ならどうしたの」「お母ちゃんが××の子と遊んじゃいかんいうた」ということはふつうなのだ。小学校では漠然としか感じないが、中学生ともなれば、部落の子はほとんどみんな差別を感じている。部落の成績のいい子が何も知らずに生徒会長に立候補した。すると前列の方で「あの子は××のものや、入れたらあかん」というささやきがきこえた。すると会場はシューンとしてしまった。その子はそれ以来、勉強もしなくなり学校へゆきたくないといっている。A子さんも女学校で料理の先生が可愛がってくれたが、あるとき家の職業は靴屋ですと答えて以来先生の態度がすっかり冷たくなってしまったと語った。

気の強いT子さんは、小学校のとき、先生が部落の子供だけを一組に集めたときから屈辱に深く噛まれてきたらしい。先生に質問されても一切返事をしないでおこうと友だちと申合せしたといっている。高校を出てS紡に就職しようとしたが、だめだった。あとでS紡の人事係をしている人の娘が「T子さんは初めから採用されないことはわかっていたが、あんまり意気ごんでいたので、だまっていた」と教えてくれた。けっきょく短大を出て、部落ということをいわずに大阪の保育園につとめたが、ここでも、行儀のわるい子がいるとかならず他の職員たちが「この子は四ツやろうな」という。T子さんは冗談めかして「どうしてわかるの」ときくと「どことはなくふつうの人間とちがうんや。この子の人相見てると、たしかに部落や」というのであった。何というつらいことだろう。

だから結婚前の女性はマッチ会社の女工かパチンコ屋につとめるか、内職で洋裁や編物をするくらいで、どこにも出られない。結婚も部落の内でしかおこなわれぬ。九九パーセントが部落内だ。もし外の婦人が部落の男性と結婚しても、親がゆるさぬから籍が入らぬものが多い。また一応籍を入れるにしても、家を出るまえ、仏壇の前で娘に珠数をかけさせて縁切りをさせる。それにもかかわらず、女性は愛に生きるために一切を捨てて部落の内に入ってくる。だが外の男性が部落の婦人をもらったという例はほとんどない。

それなのに、部落の人々はこの不当な差別を廃止するためにたたかおうとしなかったし、今も多くはしていない。八幡でも今度の差別事件の経過を共同浴場に貼出したところ、「部落解放などということを子供に知らさないでくれ。部落って何や、と子供にきかれたら返事にこまる」とみんなから非難を浴びたほどで、さわぎたてると部落だということが知られてかえって差別されるようになる。「寝た子をおこすな」とは解放運動に起ち上った青年たちを年長者たちが戒める合言葉である。

わたしは大津坂本の部落の青年たちが「ぼくらが解放運動をはじめた当初、年寄たちが『寝た子をおこすな』と運動を抑えようとしたものです。ずいぶんけんかをして、今では年寄も応援してくれるけれど、はじめはぼくたちは外で差別する人より、内で『寝た子をおこすな』などといって、人々の目ざめるのをおさえる人の方がずっと憎かったものです」と強調したことを思い出した。

部落そのものには貧乏とともに、封建的な関係がつよく残されているのである。この近江八幡の部落では一三三名の中学生のうち五〇人が不就学、一九名長欠と報告されている。その原因は中学校から県への報告「コレハ殆ド家庭ノ無理解ニヨル」のではなくて、貧しさにある。大正村の中学生がスリッパ作りのために学校を休むように、この町の中学生は学校へかようのをやめて靴作りや家事の手伝いをしている。三〇〇戸の町に税金の滞納や銀行借金が六千万円に達することで、その貧しさの程が知られよう。

だが同時に、多少余裕のある親の中には、「この隣組には三年生まで通った子は一人もないから、おまえも二年でやめるがいい」と、中学校を中退させるものがあるし、金のある親方が「部落出身でサラリーマンになれるわけではないから、上級学校にやる必要がない」と、中学校卒業で打切る以上、どんなできがよくても職人の息子を高校へやるわけにはゆかぬ。その反面で教育には金を惜しむが、婚礼ともなれば、百六、七十人の人を呼び、道具や衣裳をつんだリアカーを何台もつらねて、狭い路地を曳きまわすのである。職人などは借金しなければ結婚できないと嘆く声があった。

とはいうもののこういうことを訴える青年たちは、二月とちがって、生き生きしている。どうしてだろうか。青年たちはこの二ヵ月のあいだに差別行政反対の闘争をたたかいぬいたのである。町民大会を二回ひらいて市長を呼びつけ、部落の入口で道路拡張を停止するような市政を糾弾したりして、多少とも成果をあげたからである。

もっともその時、闘争は小休止だと青年たちはわらっていた。どうしたのかとたずねたら、一週間ばかりまえに闘争の中心人物だった青年団長が副団長の娘さんと駆落ちして行方不明になったからだという。

「どこへ行ったか、わからないのですか」とわたしの方があわて気味に問い返す。

「いや、わかってます」と、T君もT子さんも、クスクスわらった。「そのうち出てきますよ」こういう話だった。部落では結婚がはでで金がかかる。と、親たちの暗黙の了解の下に恋人どうしは駆落ちしてしまう。行先は友人の物置や近所の宿屋で、友だちとは絶えず連絡をとっているらしい。友人が両方の親の説得活動をつづける。両方の親が正式の承諾をあたえると、恋人たちは家にもどってくるが、すでに結婚は既成事実であって、あらためて盛大なお祝いをするまでもない。――そういうわけで、婚礼費を節約するための手段として、しばしば駆落ちがおこなわれる。今回の場合はかならずしも経済的な理由ばかりではなかったようだが、いずれにしても、実質的な夫婦として青年団長と副団長とが出てくるのはもうすぐという気配だった。ただ解放闘争のまっさい中にアクティヴが二人とも姿をくらましてしまったというのはたのしい話だった。そのくらいの余裕をもっていたら、この闘争は勝てるにちがいない。

――私はいまは結婚してこの西町にいますが、もっと東の下村という部落の出です。小学校のころははっきりは感じませんでした。が、それでも家で何も知らない私が「アブラカス」(牛の腸を乾燥させたもの)というと、家のものが「そんなことを大きな声でいったらあかん」とたしなめるのです。そして、理科の時間に肥料として油粕の名が出ると、一般の子供がクスクスわらうのです。そのころから、とくに家で卑下して、一般の人とちがうようにいってたので、何故かしら他人とちがうように感じてはいました。が、他人から言われたのは、女学校に入ってからでした。

私の家は比較的余裕があったので、下村でたった一人だけ女学校へ進みました。女学校で一番だったのでクラスを代表して挨拶しましたが、そのためにあの人は部落だといわれるようになったのです。師範学校では親友もいたけれど、やはりとことんの所になれば一般の人にはじぶんの気持はわかってもらえません。

何といっても一番つらいのは十四、五から二十ごろでした。学校を出たころ私はいろいろ夢を見ていました。映画を見たり小説をよむたびに、ああいう恋愛をし、ああいう幸福な家庭をつくりたいと思ったものです。しかしハッと気がつくと、どんな夢も空想もたちまちしぼんでしまいます。片輪でもいい、よその村に生れたら！　そう願ったのはわたしだけではないでしょう。家族が集まってしんみりした話をすれば、結局、さいごにはその話になります。そしてみんな「いらんなあ」と溜息つくことで終るのですもの。

他の点では私はだれからも差別されたことはございません。今の勤め先でも男の先生がたからもぜんぜん差別をうけたことはありません。しかしそれは友人としてであって、恋愛とか結婚のことだけはどうにもなりません。他の女の先生には、男の先生がたが「ええとこへ世話してやろうか」とか「早く嫁にゆかんとオールドミスになるぞ」とか「ぼくと恋愛せんか」とか冷やかしたりしますが、私にたいしては冗談にもそういうことは申しません。わたしも若いので、やはりさびしい気がしました。

恋愛したわけではありませんが、私と或る男の先生と仲がいいという評判がたったことがございます。その男の先生は一般の出身でしたが、その後一般の女の人と結婚されました。このばあい何よりも私にこたえたのは、子供たちが「T先生かわいそうや。部落の出身だから、A先生と結婚できなんだ」と噂するのが耳に入ったことです。私ははじめから部落の人と結婚しようとおもっていました。そしてこのとおり結婚したばかりです。

私の学校には部落の子供が一〇〇名ほどいます。クラス分けするとき、西町の子がいないクラスを受持った先生はよろこぶのです。もっとも子供たちも私の子供時代のようにあきらめてばかりはいません。今の子供は社会的な理由だと考えて、侮辱や差別にはとても敏感です。男の子の中には、ことさら村をかさに着て乱暴なことをする子さえあります。「それだから、西町のものはきらわれるんや」と私も腹を立てることがあります。

部落の子は大体ものすごく反抗的で、どの先生ももてあまし気味です。が私だけには近よってきます。「T先生は私らの先生だ」と私が叱っても反抗しません。私は何もいわないのですが、何となく気安いものがあるのでしょう。子供たちは、だれかが私の悪口でもいうのをきいたら、かんかんに怒ります。

私は師範を出て先生になったとき、一生をこれにささげようとおもいましたが、今ではあきらめました。私の力でどうにもなるものではない、と。西町の子は生徒としてよくないし、叱ると、親がどなりこんでくるので、先生たちも放任の形です。生徒会費も育友会費も納めないのに、遠足などには一番ぜいたくなものをもってくるんです。そういう点も改めなくちゃ、とおもいます。

どうでしょう。差別はいつか消えるでしょうか。このごろでは五十年たっても百年たっても差別がつづくような気がしてならないのです。ほんとに差別のなくなる日がくるでしょうか。——

(さいごに、結婚の約束をして肉体的関係をもちながら、知らぬ間に結婚した男に硫酸をかけたある女性のことにふれた。)

——そうなんです。あのひとはわたしの友人です。ひどいんです。ひどいんです。女のひとに個人的な欠陥があったから、結婚しないというなら許せます。がただその女の生れたところがどうだという理由で女を捨てるような男は、わたくしだって、たたき殺してやります。

旅の終りに、堺市の耳原に着いた。耳原は仁徳天皇御陵の下にひろがった工場地帯の間にかたまった戸数千、人口五千の大きな部落で、府会議員一名、市会議員三名を出し、耳原病院というベッド一〇〇をもった、日本一の大きな民主的病院を擁している。政治的に極めて活発だが、部落そのものは狭い迷路めいた路地の両側にぎっちり家が重りあっていて、今まで見て来たどこの部落とも大差はない。

ただこの耳原には、卑下した空気が漂っていない。耳原病院は、いい医師と親切な看護婦をそろえていて、しかも安いということで、全市の貧乏人が診てもらいにくる。また耳原の生活協同組合で内職を斡旋しているが、ここにも部落だけでなく、ひろく市内から貧しい人々が集まってくる。

それよりもおもしろいのは、共同浴場だ。部落の人々がふつうの銭湯にゆくと、きらわれるので、たいがいの部落は共同浴場をもっている。耳原では市の予算で風呂場を建てさせた。そして貧しい部落の人々のために入浴料大人五円小人三円となっている。一般の銭湯では十五円と七円である。だから今では耳原の外から貧しい人々は子供をつれて、この部落の浴場へやってくる。

田舎の居酒屋みたいな感じの生活協同組合の二階に集まってくれた七人は、みんな奥さんか未亡人であった。若い二人を除いては、体じゅうに生活の労苦がにじみ出ていた。

Hさんは原水爆禁止の広島大会にも出場した婦人だが、御主人が病気のためニコヨンとして働いている。「女の日雇は一四、五人だけで、朝鮮の人が多い。日雇は一家で一人しか使ってもらえんので、戸籍上離婚して、夫婦で登録している人もいます。しかしこの四月は雨が多くて、ほとんどアブレで、月一七日も働けたらよいとこや」

「再軍備費が二千億もあるんだから、政府は少しくらい金を出して働かせばいいのにさ」とSさんは勇ましい。

若いFさんの御主人は耳原病院につとめている。二人とも部落の生れではない。しかし「堺はとくに封建的だとおもうわ。主人は和歌山から二、三年前に出てきてここに住んでいたのですが、結婚のとき、出身は何でも、耳原に住むこと自身にみんな反対なのです。私の親類はみんな堺の旧家なので、私は縁切りになっていました。それでも私は一人ッ子なので、親はその後泣いて私のところへきてくれました。がそのかわり私の親は親類一同から縁切り状態です。私の一族は古い家だからとくに悪いんです。昔も、結婚して五年たってから部落出身とわかって、嫁を離婚したものもあるくらいです。私はここに住んではじめて、ええ人ばかりや、と分ったんです。子供のころには『あれ部落の子や』といわれると『ああ、こわ』といったものです。そういうことを母が教えたからなんです。母が悪いのではないとおもう。皆でそう思いこませたんだわ」「このごろ実家へ帰ると、近所の人がお世辞に子供をあやしてくれるのです。があやしながら、じっと子供の顔を見ているような気がします。部落の血を引いているからどこか変った所があるんじゃないか、さぐるような目つきしてるわ」

　N子さんはFさんよりももっと若く、まるで少女だった。N子さんも耳原外の娘さんであったが、コーラスで今の御主人と会って、恋愛結婚した。「うちでは父も兄弟もみんな共産党に投票しているくらいで、進歩的なんです。それなのに、私が合唱団でこちらへ通っていたら、父が『耳原へあそびにゆくのはええが、恋愛や結婚したらあかん』と注意しました。私が夫と親しくなってから母に見せたら、愛想はいいし、第一印象もよかったようでした。しかし結婚の意志を母に打明けると、母はだれにもいわず、毎日溜息ついて一人で悩んでいました。上の兄に話したら、上の兄は『そんなの問題あらへん、本人次第や』といい、次兄も『うちの会社では何でもあらへん』といっていました。が次兄が私の後で結婚したときも、相手に私のとつぎ先を言ってないし、結婚式にも招いてくれませんでした。父はさいごに渋々みとめてくれたけれど、私がお産で耳原病院に入院したときも、『耳原病院、耳原病院なんてあんまり言わんでや』という調子なのです」

Mさんは一人だけ他の人々とちがった意味の生き生きしたものをもっていた。こういう集会へはじめて出席したのだそうだ。若いときはずいぶん美人だったにちがいない輪郭がながい苦しみを彫込んだ顔に残っている。

「わたしゃ娘のころ、お茶を習いにいって、『どちらから』といわれたときが一番こまったよ。昔どころか今だってみんな部落をばかにしているよ。部落に建ててくれた市営住宅をみてごらんよ。物干も水道の栓も表口に立ってるじゃない。干し物って裏にするもんだし、炊事だって裏でするのがふつうよ。それを部落だからって、門口に立てるんだから……」

それからMさんは、市役所につとめている女の態度が生意気だと言いだした。「役所の女ほど憎たらしいものはありゃしない。」すると今までMさんと多少意見のちがっていたSさんも完全に同調した。「ほんとだ。あいつらを見てごらん、どれもこれも、売れ残りのスベタばかりだよ。あんな女など、もらい手なんてありゃしない」

こういう調子だから、市役所の吏員など、耳原の婦人をひどくこわがっているらしい。

しかし中学校でしらべてみると、やはりここでも二割以上の不就学者（在籍三五九名中七八名）がおり、結婚の範囲もほとんど部落内部で血族結婚に近いものになっている点で、他の部落とことならない。「部落の外から縁談をもちこまれても、考慮するよりさきにことわる。その方が無難でええから」と一人の母親はいっていた。

だが一つだけ、わたしの歩いたいくつかの部落とひどくちがう点があった。それはどこの母親たちも「何も知らないでチャッチャッチャッチャをうたっている子供に、どうして部落ということを教えたらいいだろう。子供を伸び伸び育てたいが、万一何もしらずにいつか恋愛でもしたら恐ろしい悲劇が生れるでしょう。まあ適当な年齢を見計って教えるつもりですが……」と口ごもりがちであった。ところがここのお母さんたちは口を揃えて、「子供にははっきりいうてあります」と答えた。

Mさんはとくにはっきり言った。「そんなこと、何もかも隠しません。うちでは五歳の子でも『わし部落民や』というております」

耳原の政治的強さの原因はやはり婦人の中にあるらしい。

論争における魯迅

魯迅は一生休むことなくたたかいつづけた。かれの「阿Q正伝」もたたかいであれば、後半生を託した雑感随想もまた「塩のごとくにしみる憂患の痛みをつく」しつつ、敵を攻めているのである。そのゆえに、とくにかれの雑感集（今度の魯迅選集ではまだ三巻しか出ていない）は、ことごとく論争的発想法をもっている。章士釗、陳源や林語堂やプロレタリア文学者や胡適等々と、特に相手を指名していない短い文章も、けっしてたんなる自然に発生してきた随想ではない。何ものか敵のことばや行動に触発され、あるいは刺激されて、その言動を反駁し論破しつつ、問題を進行展開させてゆくところこそ魯迅独自の方法ではなかったか。『准風月談』『花辺文学』のコラム文集には、その傾向がもっともはっきり出ている。たとえば「押す」「蹴る」「突く」と題する短い三篇をとってみよう。というのはこれだけ見れば魯迅のポレミークの方法がほぼ見当つくからである。その三篇はいずれも新聞記事、それも何でもないような小さな三面記事からはじまる。

「二、三ヵ月前に、新聞にこんな記事が出ていたように思う。ある子供の新聞売子が、電車の踏台にあがって新聞代を受け取ろうとして、降りて来た乗客の服の裾を誤って踏みつけた。その客は腹を立て、ぐいと押したので、子供は落ちて車体の下にころがり込んだ。ところがちょうどそのとき電車が動き出し、急停車ができぬままに、子供を轢き殺してしまった。」――「押す」

「本月九日の『申報』の記事。六日の夕方、塗物師劉明山、楊阿坤、顧洪生の三人が、フランス租界黄浦灘の太古埠頭で涼んでいたところ、たまたま附近に集まり賭博をしていた別の数人の者が、巡回の警官に追われ、そのあおりをくって、劉と顧の二人は、ついにロシア人巡査により水中に落され、劉明山はとうとう溺死した。」――「蹴る」

「十二日の新聞に貴陽の通信が出ていた。それによると、九・一八記念に各校の学生が集合してデモを行うというのに狼狽した教育長譚星閣は、兵士を派遣して街の要所要所を固めさせ、別に多数の自動車をもって、デモ隊に突き込ませた。かくて惨劇が起り、学生の死者二名、負傷者四十余名を出し、そのうち正誼小学生の生徒が最も多く、年は僅か十歳前後であった……」――「突く」

これらの記事そのものは、押した人、蹴った人、突いた人を非難攻撃していない。当時(一九三三年)の中国では、ありふれた事件にすぎなかった。デモ隊に自動車を突っこませるなどということは、今日では、常軌を逸しているように見えるが、少くとも当時の軍閥および蔣政権下の中国では、特別にショッキングな事件ではなかった。新聞の三面の片隅にのせられても、人々が大きな関心を払うということはなかったであろう。もちろん魯迅も、それらの行為に道徳的非難を浴びせようとしているわけではないが、しかし魯迅はその陳腐な記事から記者たちの知らなかった、もしくは蔽われていた真実をひっぺがすのである。その真実に達するまでに、どのようなみちすじを辿るか、しらべてみようではないか。

子供を「押し」倒した男は行方はわからなかったが、服の端を踏まれたところから見て、着ていたのは長衫《ながぎ》であったと推定される。だとすれば、上流に属する人間だ。ここで魯迅の思考は、推理小説から転じて上海の街を傍若無人に歩く二種類の人物に移る。一種は「外国人の旦那」もう一種は、他人を押しのけてゆく「高等華人」だ。「彼は電車に乗れば、必ず二等改め三等車に乗る。新聞を見れば、きっと暴露記事を満載した小型新聞ばかり見る」この二行で、魯迅は買弁の典型をみごとに浮彫りしてしまう。そしてその高等華人がいかに下等華人を押し倒し踏み倒すかの叙述が展開されておるのである。

白ロシア人の巡査が中国人を水中に蹴落して溺死させた「蹴る」については、その中で「『押す』のだと、手を持ちあげねばならぬ。下等人を扱うのに、そんな面倒なことをするには及ばない。そこで『蹴る』ことになるわけだ」と転調し、さらに中国人を外人の手先から救おうとすれば反帝国主義者の嫌疑がかけられるという中心テーマを展開するが、それより魯迅の発想法をもっともはっきり出している「突く」に移ろう。教育長が自動車でデモ隊に突撃させたという記事から魯迅は、武将が文事に通じていることは知っていたが、文官（教育長はむろん文官以外ではない）に兵法に明るい人もあることをはじめて知ったとかるく飛躍して、昔の田単の火牛の法を連想する。そこで「突く」を戦法として考察する。大衆をポンプで追いかえす法、ツァーのコサック騎兵隊の突撃、いずれも「みな快挙である」そのように「突き」戦法を一度煽り上げたとみると、たちまち一転して中国の現実に引きもどす。「各地の租界で、外国兵のタンクが示威を行なっているのを我々は時々見かけることがあるが、あれはつまり、もしおとなしく言うことをきかないと、突きかかって来る道具なのである」と。

うっかり勇ましいとほめていいようものなら、われわれは米軍の戦車自衛隊の特車に轢き殺されるというのである。さて話は自動車にもどってあの勇ましい自動車の突撃はだれに向っておこなわれたか、といえば、現に中国を侵略し中国人を虐げている帝国主義者に対してではなかった。じつは何の抵抗力もない小学生に向ってであった

「自動車は決して突撃の利器ではないけれども、幸いにして敵は小学生であった。疲れた驢馬が、ほんとに戦場に出るなんて、絶対にありえないことだが、やわらかい草原をとび廻り、騎士がその上に乗ってひそかに叱咤するのは、やはり愉快でたまらぬことにちがいない。もっともそれを見て滑稽を感ぜざるを得ない人もあるだろうが。」

魯迅の胸の中には「灼きつく如く迫り」狂おしいほどの「非力の怒」が燃えている。かれは怒の爆発をおさえつけて、ほめことばを並べる。だからそのほめことばは、心からつきあげてくる圧力にゆがめられ、またことばとそれに含まれた意味との食いちがいから、いずれもにがい汁をおびて、諷刺と変らざるをえない。それは魯迅の個人的な資質からも出ているのだが、同時に、まともに表現できず、奴隷のことばをもちいることを余儀なくされた時代の苦渋からも生まれてきたものだ。ついでにいえば、諷刺の鋭さは主として奴隷のことばによってでなければ、つくられえない。勝利者が負けた敵をやっつけるのは、嘲笑であり哄笑であるけれど、骨にまで貫く諷刺にはなりにくい。ゴーゴリ、シチェドリンとイリフ＝ペトロフとをくらべてみるといい。「黄金の仔牛」は、笑わせるけれど、「検察官」のように骨髄に徹するというまでにはなっていないし、またなりえないだろう。諷刺は巨大な権力を鋭い針で急所まで突きとおすところに、最大の偉力を発揮するものなのである。魯迅は奴隷の

ことばをつかった。ほんとうの解放がおこなわれないまえに、奴隷が奴隷のことばを捨てて支配者のことばを用いたら、それこそ非文学的であるか、もしくはそのことどしんが風刺的な見ものであろう。われわれの国にも、敗戦後、あわてて奴隷のことばを忘れると同時に文学を失ったものがないではない。それはさておき、魯迅の苦渋にみちた発想とスタイルとは、一九三三年の中国をとらえるのにもっとも適切であった。民主陣営が堂々たる大論文で敵を正面から撃破しおしつぶす力をもっていないときには、たえず敵の後衛や糧秣隊など防禦の手薄なところに攻撃を加える執拗な遊撃戦以外にたたかう方法は残されていない。魯迅は敏感に帝国主義＝買弁陣営の弱点をかぎつけては、それに執念深く食いさがった。かれは、便衣を着て、敵の中に生きている。こちらは素手で、厳重に武装したたくさんの敵にとりまかれているばあいのたたかいかたは、戦場で大軍団が正面衝突するときとはちがって、心は毅然としているが、戦術上もみ手したりおせじわらいしたりおじぎしたりすることも必要かもしれない。抗日小説にはしばしばそのような村長の形象が描かれているが、蔣介石政権下のジャーナリズムで活動しなければならぬ魯迅の発想法は、まさに同様でなくてはならなかった。法律をもっとも上手に活用するものとは法令の本文ではなくて、さいごに附せられた短い「但し」書きを利用しうるものだ。魯迅にとっても、もっとも重要なのは、「もっとも」「ただし」「しかし」「にもかかわらず」「とはいえ」以下の文字なのだ。そのわずかな但し書きによって、ほめことばは打消されて、勇ましさや爽快さが一瞬にして正反対なものに転化させられる。

だがその逆の行きかたもある。否定して、それから「しかし」で大いにもちあげる方法だ。が、魯迅のばあいには、この「但し」の方が一そうにがにがしい逆説によって展開されているために、否定は肯定に変らず、重く人々の心の底に沈んで胸をかむのである。上に引いた文章に、魯迅はこうつづける。（カッコの中は、杉浦の説明）

「大体、十歳前後の子供に暴動を起すことができるものか、思っても滑稽である。しかし（これ以下がいかににがい内容をもっているか注意せよ）わが中国は常に神童の出る国で、一歳で絵をかき、二歳で詩を作り、七歳の童子が芝居をやり、十歳の童子が従軍し（蔣介石の中央軍や軍閥の大人たちは、日本の内蒙侵略にたいしてことさら手をこまねいてたたかわず、かえって女子や学生や小学生までが武器をとって立とうとした。ジャーナリズムがもてはやす童子軍は愛国の象徴ではなくて、中央政府がいかに売国奴であり帝国主義の奴僕であるかの目盛だと魯迅は解したのだ）、十四、五歳の童子が政府委員になる（これはどのような事実を踏まえているのか、わからないが、新聞に発表のさいは削除された。あるいは蔣孔一家のだれか少年が政府委員の中に名前を並べたのであろうか）のは、大体よくある事実である。七、八歳の女の子さえ凌辱されることができ、ほかの人から見れば、『年まさに花信』に等しいのである。」

花信とは訳註によれば、十五歳のことだそうだが、それはたんなる皮肉ではあるまい。軍閥戦争というより東北地方を侵した日本軍の暴行の事実にふれているのであろう。そして、この一行は、やがて来るべき日本の中国本土侵略において、大々的に実現されることの悲しむべき予言となったのである。しかも魯迅は、さらに執拗に「突く」に食いさがる。

「まして『突く』時に、もしも相手側が多少とも抵抗のできる人であった場合には、自動車はテキパキやれないし、突く方も勇ましくない。そこで敵としては弱いものを選ぶことが何より必要だ。

ゴロツキが田舎者をだまし、外国人が中国人を殴り、教育長が小学生を突くのは、いずれも敵に勝つことの巧みな豪傑である。」

そして結論はさらに予言的だ。

「『身をもってその衝に当る』とは、これまでは口先だけの言葉のようであったが、今や事実となって現われ、その事実は成人だけでなく、子供にまで及んだ。『嬰児殺戮』が罪悪とされたのは、もはや過去の事で、乳児を空中に投げ上げ、これを槍先で受けとめるのが、一種の遊戯と見なされるに過ぎない日も、恐らく遠いことではあるまい。」

魯迅は、じぶんの不吉な予言が的中しないことをのぞんで、絶望的な呪に似た声を出している。しかしかれはやはりカッサンドラであった。そのことばが事実となってあらわれるまで、かれが目をひらかせようとする相手（日本と戦う力をもった国民政府）はかれの予言をきこうとしなかった。それどころか、その不吉なひびきを忌みきらって、おそるべき危険を正しく予知するものを嘲笑しなければ迫害し追及するのである。

この「突く」と題する短い一篇は、上にのべたように、当時の中国ではありふれた新聞記事から、拾い出した主題を、かれの思いのままに発展させて、中国社会のもっとも深い病巣をえぐりだしていったものにほかならない。その主題の発展のしかたをみると、特定の個人を相手としているのではないが、たえず何ものか敵のことばを想定して、それを打ち破りつつ進んでいる。たとえば、暴徒にポンプで水を浴びせつつ追っぱらうのは、西欧でも実行している方法ではないか、秩序を維持するためには多少の行きすぎはどこにもある、と主張するブルジョア自由主義者（たとえば胡適など）を予想しているとみていい。もちろん、一九五二年五月一日以後だったら、あの血のメーデーに、労働者学生を射撃させた日本政府を責めないで、被害者の行きすぎや暴力を咎め立てした日本のジャーナリストや自由主義者をも含めて批判したに相違ない。また消防のホースで水を浴びせられるのはパンを求める労働者や貧民ではないか。コサック騎兵の勇壮な突撃は自由を求める被抑圧民族や飢えた労働者農民にたいして向けられたのではないか。そういうことを捨象してもっぱらその勇壮さだけをたたえる軍国主義者ファシストにたいする憎しみも魯迅の心をかすめたであろう。もちろんそういうコサックの勇ましさや消防隊の爽快さは、まったく支配者階級帝国主義国の立場から見られたものにすぎない。そのことを魯迅は、租界を示威行進する外国軍のタンクというたった一つの典型的事象によって、暴露する。つまり蔣介石の御用学者やお傭いジャーナリストの買弁性を容赦なく広告するのである。十歳の子供が暴動を起すことなどもそうだ。前にもいったように、プラカードやラムネビンではほんとうの暴動にはなりえないのに、数百名を殺傷し、さらに騒擾罪として数百人を逮捕した売国政府にたいしては、一言の抗議もいわず、ひたすらデモ隊に向って、暴力反対を説教する学者ジャーナリストは、国民党治下の中国に存在するだけではない。しかしもちろん魯迅は、二十年後の日本の新聞記者や自由主義者を相手にしているのではなく、ひたすら当時の御用学者等々の言いぶんを想定して、これをやっつけている。買弁的権力とそのスポークスマンたちの本質は、ほめことばと、その背景をなすおそるべき民族的苦悩と悲惨とのコントラストによって浮彫りにされるのである。

じぶんの国土を侵し略奪暴行をほしいままにしている日本軍とたたかわぬどころか、たたかおうとする青年や子供をまで反帝思想の嫌疑で逮捕し弾圧している政府、外国人の旦那には奴隷的に卑屈であるが、そのかわり、国民にたいしては、残虐で乱暴な暴君、そういう権力にこびる学者文筆家の群。こういう連中の本質をあばくのが、魯迅の論争の内容であった。ひじょうに多くの文章はかれらの巧妙なごまかしの言いわけの一つびとつを眼の前に引き据え、鋭いメスを入れてその黒く汚れた内臓を万人の前に示すために書かれてある。そういう意味で魯迅はいつもじぶんの前に仮想的な論敵を立てておる。だからその論敵とたたかうための文章がつねに論争的な形をとらざるをえない（「突く」も「押す」もその擁護者がいる）のみならず、その弁証法的に明らめられた真実のゆえに、二十年後のわれわれも沖縄問題その他の基地問題などさまざまな民族的問題にぶつかるとき、魯迅のことばをそのままわれわれのことばとする。

だがしかし魯迅はいったい論争しているのだろうか。論争とはいったいこのようなものなのだろうか、魯迅をよみおえたとき、そのようにひとは感じないであろうか。

なるほどかれは『墳』から『且介亭雑文』に至るまで、しょっちゅう論敵と、特定の個人が見つからない場合には、仮定された論敵と、論争しつづけた。しかしかれの論争から与えられるものは、憎むべき敵を打倒する爽快さだけだろうか。否である。敵を打倒すだけなら、われわれはもっと爽快さを感じるはずだが、魯迅が敵を鋭くはげしくつけばつくほど、さわやかさではなくて、苦痛をおぼえるのではないか。痛む虫歯をことさらゆすぶって感じるあの苦痛をまじえたマゾッホ的な快感を。

われわれの知っている論争ではこのようなことはおこらない。斎藤茂吉が太田水穂と石榑茂をやっつけた論争は、きわめて愉快で、読者を高らかにわらわせずにはおかぬ。中野重治が雑談でねちねち敵に食いさがっていったやりかたは、魯迅に似ているようには見えるけれど、しかしもっとさわやかであって、骨身を削りとられるようなおもむきに欠けている。もちろん、どちらがいいか、などと問うているのではない。質的な差異を問題にしているにすぎぬ。このような、また名をあげない数多のわれわれのながめてきた論争の範疇から、魯迅のそれははずれているのではなかろうか、と考えるにすぎない。

結論からさきにいえば、魯迅の論争は、外部の敵をことばで言いまかすというより、一人の人間の内にある二つの敵対する要素がたたかい、一方が他方を追いつめてゆく経過、つまりじぶん一人の対話、弁証法の素朴な姿のように思える。

上にあげたような論争であったら、じぶんの欠陥や弱点にはぜんぜんふれる要を見ない。いかにエゲツなくても、相手を叩き伏せれば足りる。いわば、戦場での合戦と同じで、勝つためにはあらゆる手段がゆるされるらしい。もちろん、魯迅は騎士道にのっとって論争したわけではない。かれがフェアプレイは中国では時期尚早であって、尾っぽを巻いて逃げるチンコロをあくまで追いつめ、どぶにぶちこむべきことを強調したのは有名だ（『墳』）。いな、じっさい、かれは売国的な軍閥政府の手先にたいして、プロレタリア文学者から民族主義者に一八〇度転向した裏切ものにたいして、その他、かれの攻撃の対象にたいして、情容赦なく、人身攻撃とみえるまで徹底的に憎悪と侮蔑とをもってむかった。中でも「新月」派の詩人邵洵美にたいしては一番こっぴどくやっつけている。魯迅は邵をば「金持の岳父をもち、金持の細君を貰って、その持参金を文学の資本とし」「大勢の幇間を雇って、銅鑼を叩き派手に先払いをやらせ」た文学者として描く（『准風月談』後記および『各種の捐班』『登竜術拾遺』）。「地獄の鬼が金で動くことは、多分たしかだろう。ことによれば神様にも通用できるかも知れぬ。だが、文学には絶対通用せぬ。詩人邵洵美先生自身の詩が、何よりの証拠である。私のこの二篇の雑文中の一節は、官職は金で買えるが、文学者は買えない、女の紐にぶら下った役人はあってもも、女の紐にぶら下った文学者はありえないということを説明したものである」たぶん、今、この国でこのように人身攻撃にわたる文章を書いたら、ケンケンゴウゴウたる非難の埃りを浴びておもてをあげることもできないだろう。けだしりっぱな論議というものは、個人的感情ぬきで、美しい礼儀正しいことばと公平な態度とをもってすべきだと考えられているらしいからである。そして、ほんとうに、いくらかファナティックな感傷調をそなえた口さきだけのお託宣がいかに青年やインテリをだましていることだろう。魯迅は段棋瑞の代弁者章士釗・陳源をゆるさなかったし、蔣を擁護する胡適の徒と平和的に共存しようともつゆ欲しなかったように、一方ではウルトラ・革命文学者成彷吾を容赦しようとはしていない。青年に期待し、左翼作家連盟に接近し、やがて抵抗運動の中心に立つことになるかれは、「極左的な兇悪なつらがまえをして……人々に革命にたいする恐怖を抱かせた」ゆえに、党員文学者成彷吾にたいしてついに人間的信頼をもちえず、「才子プラスごろつきの毒にあたっているのだ」と毒づくのをやめなかったのである。成彷吾は右翼に転向したわけではなく、むしろ延安にゆき、勉強したようであるが。

だがわたしは魯迅のやりかたにまったく同感する。なぜかならば、かれは一つの問題、それが国民的な弱さにかかわり、あるいは民族解放のさまたげとなりうると感じたばあい（そう感じたからこそ、かれは取上げるのだ）、いかなる一般的問題も一般そのものとして存在するのでなく、だれか単数ま

た は複数の現実的人間に媒介されてあらわれるのであるから。かれはかれの全人間的存在をもってその問題にぶつかるかぎり、感情ぬきで冷静公平な発言をすることができなかったし、またよいところもあり悪いところもあるから、両方を合せて二で割るという生まぬるい折衷主義をとることができなかったのである。それゆえ敵の全存在を憎むか嘲るかせざるをえなかった。封建的なアジアには私生活を公的活動からきりはなして考えねばならぬ何の理由も存しないことを忘れてはならぬ。かれは、それらかれの目にふれた個人的言行をとおして、国民的な弱さ——長い間の封建的及半植民地的隷属によって中国人の中に深く植えつけられた臆病、卑劣、奴隷根性、無関心等——をあらゆる憎悪と憤りと蔑みといくらかの焦燥とあきらめとをこめて、ほじりだし分析した。いな、それらの憎悪等々こそ、かれをして渋滞しがちなペンをむりやりにうごかしめた原動力だったのである。そしてその対象の全体もかれのそれらの感情によって染められざるをえなかった。もちろん、お上品な批評などでは、巧みにかまえた敵の卑しさや奴隷根性の本質を根底からえぐりだすことはできなかったであろう。どこの国でも、そういう連中はかならず、巧妙なことばの手品を心得ているのであって、その細工を打破りうるのはただその人間をことばだけでなく本能としてとらえることによってだけだ。しかもそれは強烈な感情の照射なくしてはあたわぬのである。

それにもかかわらず、魯迅の論争はいわゆる論争と質的に別なものではあるまいか。相手を論理的に屈服させて自己の論議を相手にのみこませるというより、魯迅は孤独でじぶんじしんと対話して、論述の過程でじぶんじしんに中国の本質、総じていえばアジア的なみじめさを掘り起して目で見せ納得させてゆくように、わたしには思える。かれがあれほど感情的にはげしくえぐりだし暴露してやまないもろもろのみにくさや卑しさは、たんに章士釗や陳源や邵洵美だけのもっている属性というのではなく、魯迅が切っても切れないその一人であるところの中国人の属性にほかならないゆえに、それをえぐりだす行為はじぶんじしんをさらけだす苦痛をともなわざるをえないのである。じぶんの皮膚からそのみにくいものを引っぺがしていったのではないか。阿Qもそうであったが、かれの雑感で攻撃された論敵もそのひっぺがすべきわが血肉の痛める部分にすぎない。しかも晩年になればなるほど、そのたたかいがつよくなり、敵をやっつけることがはげしいほど、かれじしんの傷口もいたみをます。「深夜に記す」などにおいてわれわれのうける苦痛と悲哀をともなった快感は自己嗜虐に接しているといっていい。

それはどういうことを意味するか。といえば、中国国民の痛みがそのまま魯迅そのひとの痛みだったということ以外ではない。魯迅は生涯孤独であって、そのことばは孤独感に包まれているにもかかわらず、そうなのであった。たとえばドイツ皇帝ウィルヘルムが黄禍論を説くや、中国人もじぶんが白人から「眠れる獅子」とお追従をいわれたようにいい気持でいるときに、「ある人がドイツ統治下の青島で見たところの現実によると、一人のあわれな子供が電柱をよごしたというので、白色の警官に足をつかまれ、中国人があひるに対してするような工合に、逆さに下げて持って行かれたのである」この場合、コントラストの強さによって、半植民地のみじめさを浮上らせている効果を見るだけでなく、われわれは、逆さに下げて持ってゆかれたのが、一人のあわれな子供なのか魯迅そのひとなのか判別できないほど息苦しく切迫したものを感じないわけにはゆかぬ。われわれのところでも「他《ひ》人《と》事《ごと》ではない」ということばがかなりはやっているがそう感じているうちはまだ若干の余裕があるのだ。魯迅の中でにえているのは、目のまえでじぶんの肉親が暴行され虐待されるのを見せつけられている人間の息づまりそうな感情以外ではない。やがて南京その他で幾十万の中国人が味あわされる惨劇の予感だ。しかし、人間はあひるとちがって、「組織することもできれば、反抗することもできる」(「逆さに下げる」)のに、そうしないで、「仁人義士が、倒懸の苦しみにあっているものを解いてやったというデタラメを聴きなれているので、今になっても、きっと天上なりあるいはどこか高い遠い処から施し物が落ちて来るだろうと考えている」これこそ中国の(また今のわれわれの)もっとも深く病める部分であった。この病める部分を中国人からひきちぎることが、魯迅をして生涯を論争の場に立たしめた理由にほかならない。むしばまれ、膿にただれているとはいえ、じぶんの部分であるからには、その手術は痛みと危険なしではありえない。それどころか、数千年にわたる封建的支配とそれにつづく買弁の宣伝教育とはその病菌をば中国の体のあらゆる細胞にまで食いこませたから、一つのネブトや盲腸を切りとるほど容易ではなかった。中国のあらゆる古典はそのおそるべき病菌の保管者だ。たとえ、ある古典の中に部分的にすぐれた要素が含まれていようとも、害と益とをはかりくらべれば、害の方がはるかに大きい。かれが「青年はなるべく、あるいは、全然中国の書物を読むな」と主張し、さらに古典(それによって中国の半封建性と植民性とを)の擁護者どもにくりかえし論争を挑んだのは、理由のないことではない。われわれも、専門家以外に、青年たちが明治大正文学をふくめて日本の古典になるべくふれないことをねがうべきなのである。それはともあれ、魯迅じしんが古典について無知であったのではなく、中国の古典がかれの精神また文学のきりはなしえない一要素となっておればおるほど、その害毒の深さを知り、それを自己からひきちぎろうとこころみるのである。だから他人と争いながら、かれは自己対話へ傾いてゆかざるをえなかったわけだ。かれじしんがその中に阿Qをもっていたことはたしかだ。かれだって、いつも憎まれるより「太平の犬」となってのんびり寝そべっていることをねがうねがいがなかったわけではあるまい。その気持は当時の中国人に共有されていたのである。少くとも、不断の警戒心と努力なくしては、かれといえども阿Qにもどる危険はあったであろう。それゆえに、ますますかれは奴隷や植民地的人間にたいして苛立つほど憎しまずにはおれなかったのである。

「……私の書いたものを憎悪する奴らには一点の嘔吐を与えたい――私は、自分の狭量はよく承知している。その連中が私の書いたものによって嘔吐を催せば、私は愉快である。そのほかには、何の意味もない」「（私が生きていたい理由は）、いわゆる正人君子の徒輩に、少しでも多く不愉快な日を過ごさせたいために、ことさらに自分が若干の鉄甲を身にまとい、立ちはだかって、彼らの世界にそれだけ多くの欠陥を加えたいからである。私自身がそれにあき、脱ぎすてたくなる日の来るまでは。」（『墳』の後に記す。」）

この有名なことばから自己を虐げる苦痛と快感とが綯いまぜられているのを感ずるのは容易であろう。かれはじぶんをも切り傷つけているのだ。プロメトイスのようにおのれの肝臓の苦痛をもって鷲を養っていたのである。だから、かれはたんなるお人好の慷慨家ではない。じぶんの肝臓が痛ければ痛いだけ、それだけ意地わるい針でかれの敵、聖人君子の徒、太平の犬たちはチクチク刺されて、心地よい夢を妨げられねばならぬ。おまえたちはよだれをたらして眠っているが、われわれの国は、こんなにみじめじゃないか、子供はアヒルのように足をもって逆さに下げられるし、善良な市民が涼んでいると川へ蹴落される、日本は脅しと煽りの両手をつかいわけながら幼児を虐殺し婦女を暴行しながら侵寇してくるぞなどという意地わるい声は、外国旦那の御馳走のあまりをたらふくくらったあげくの阿片の快い夢をたしかに妨げ、かれらをいらいらさせ、しまいには激怒させたであろう。もちろん、このようなばあいに、寛容など一滴も必要ではないのだ。つねれ、刺せ、耳を引っぱれ、多少あざがのこってもいい。それに反して同床で異った夢を結ぶことがいったい何の平和だろう。憎しみ、ののしり、あくまでゆるさないこと、お人よしの寛容ではなくて意地悪い罵倒、そういう闘争の後にしか真の平和は来ないにちがいない。

魯迅の論争から、いまわれわれがまなぶべきことは、不寛容の精神。おたがいの思想のこえがたい淵を識別せず（それは論争によってのみ明らかにされる）、やたらに矛盾する思想や行動と抱擁しあうのは、センチメンタリズムのなせるわざにすぎない。そういう抱きあいが、フルシチョフがチトーを歓迎するニュース映画の影響でか、とくにわれわれのいわゆる進歩的陣営にも流行の気配が見えなくもない。しかし六全協がいくらか早く出すぎたために、恋人か友人とおもって抱きしめたのがイラクサの束であったということがないことをわたしはねがうものだが、ともかく、われわれはまだ抱きあうには早すぎる。そのまえに、もっと徹底的に、いささかの寛容もなく、争うことが何よりも必要なのである。その過程でじぶんの手足がちぎれても仕方ないといわねばならぬ。意地わるく狡猾に、じぶんの肉をとおして敵の骨にとおるまで刺せ。魯迅の論争はこのようなものであり、それゆえに今のわれわれにとって模範的である。

土屋文明先生の弟子

わたしは小島政二郎のような高級な料理通ではない。そういう料理屋へめったにいったことがないから、凝った美味についてかれこれいう資格を欠いているが、しかしわたしの生きるよろこびの一つが舌にかかっているという点は、食いしん坊の一人かもしれない。いや食いしん坊というより偏食家なのである。

わたしの食物にたいする好みには、生れつきもあるけれど、土屋文明先生の影響が相当大きいようである。

土屋先生についていえば、第一に青年時代にアララギ発行所に出入りしていた時分に、馬肉鍋を食べたり、全国の会員から持参された地方名物を嘗めるチャンスをあたえられたことや、上等の北京料理やフランス料理をごちそうになったことなど限りない味覚の指南をうけたといってよかろう。佐賀のガニ漬け、タラの芽、マタタビの実の塩漬けなども、土屋先生に教わらなかったら、食べることがなかったろう。

先生は、いつかわたしの田舎にきたとき、県道端にじょうめんがにがうようよ動いているのをいつまでも覚えていて、「杉浦君、あのかにをつぶして、ガニ漬けをつくりたまえ」とすすめるのがつねであった。佐賀のガニ漬けは、ただとうがらしで辛くて、箸のさきにちょっとつけてなめると、酒の一合くらい飲まずにいられなかった。アララギ発行所でガニ漬けをなめたのは昭和十年前後のことであった。その後わたしはガニ漬けに出会うことがなかったが、そのころあまりたしなまなかった酒をだんだん飲むようになるにつれて、ガニ漬けに恋いをおぼえだした。じぶんの家の前にうようようごめいているかにをつぶして食べる気にはならなかったが、何とかして佐賀のガニ漬けに再会したいねがいを失わなかった。昭和三十二年一月、わたしは炭労の文化講師として九州の炭鉱をまわることになった。出発の前から、わたしは佐賀でガニ漬けを買おうと心をきめていた。しかし杵島炭鉱を出て三池炭鉱に移動するさい、佐賀駅は乗りかえのつごうで、何一つ買うひまもなかった。わたしはガニ漬けをあきらめた。が鳥栖で乗りかえようとして十数分の待合のさい、プラットホームでうどんをすすって、売店をのぞくと、そこにガニ漬けのビン詰めが並んでいたではないか。

二十年ぶりの再会であった。

かにといえば、北海道の根室半島の最尖端ハボマイ村の宿屋で漁業組合の役員たちと一夕もったとき出されたかにの卵巣とメフンとはすばらしくうまかった。帰りに札幌の日航待合所でメフンのビン詰めを発見して買い求めた。家でふたをひらいてみたが、ハボマイのメフンのようなうまみはなかった。

それはともかく、土屋先生に教わったクコもマタタビも、やはり戦後まで再会することがなかった。マタタビの実の塩漬けは、東京のデパートで長岡産のビン詰めを売っていた。クコにいたっては、わざわざ数十円を投じて通信販売によって、苗木屋から取りよせたものだ。そのにが味のある若芽のみそあえはまんざら捨てたものではない。が、近所の植木好きがわざわざわたしのクコの木を見学にきて
「これが不老長寿のクコですかね。この木なら、高い金を出して買わんでも、田んぼの土手に一めんに茂っているがね」

とあっさりいった。さっそく田んぼの土手にいってみたら、ほんとうにクコの木が茂っていた。

そういうぐあいで、土屋先生は野草を食べることをアララギ会員に教えた。万葉集の山部赤人の「すみれつみにと来しわれぞ」のすみれつみは、花の美しさを観賞するためではなく、若い葉を食用にするためだという卓説も、土屋先生からでなくては出て来なかっただろう。水カラシやカンゾウを食べることも、戦後の食糧難の折から、アララギでは流行みたいだった。

わたしも、先生の影響もあって、かなりいろんな野草を試食してみた。が、結論からいえば、キャベツやホーレンソウや白菜ほどうまいものはないということになろう。ハコベもナズナもひよこの餌にはいいけれど、わたしの舌には癖がなさすぎてもの足りない。ただタンポポのごまあえとノビルのみそあえだけは、にが味や臭いがあるために、ときどき摘んできて酒の肴に供して飽きない。映画女優にしても、ただすなおで貞節そうな女よりも、おねえちゃんトリオとか、中原ひとみみたいなちょっと変った型が流行するのだから、味の方もその例外であってよかろうか。

○

アララギの校正の終了する晩は、すきやきときまっていた。土屋先生は、校正の方にはいなくて、

台所で女中さんを監督し指図していた。先生は、十数人が一つ鍋で牛肉をつつきあえるように、埼玉県のどこであったか、鋳物の産地まで出かけて、ハソリを買ってきた。このハソリで先生の味つけで煮たすきやきはうまかった。牛肉がどのていどのものであったか知らないけれど、発行所のすきやきほどうまいすきやきをわたしは知らなかった。

秋になると、山梨の飯野真澄氏から贈られた自家用のぶどう酒が出るのが常であった。すきやきの鍋のほてりでアルコールのいくらか入った顔が赤くあぶらぎるころ、斎藤茂吉先生がふすまをあけて、「おお、ごちそうをやっとるな」と声をかけることもあった。茂吉先生は、うなぎ党であって、うなぎ丼をとるときには一しょにいたこともあったような気がするが、すきやきを一しょにつついたかどうか、はっきり記憶していない。

一度、きじ鍋を食べたことがある。何でも落合京太郎さんが、判事に任官まもなく一関あたりの赴任地から送ってくれたものだった。

「今年は、きじが繁殖して、畑の中を歩いていると、ステッキでたたき落せるほどだそうだぜ」

と、土屋先生が話したのは、このときであったか、それとも、朝鮮か満州の話であったか、今はおぼろで区別ができない。ただ、そのころ「みちのくの雉子」の歌が、いくつかアララギにのったが、それはこの落合さんの雉を食べた仲間の作であったことだけはまちがいない。

うなぎの方に話をもどせば、土屋先生よりも茂吉先生の勢力範囲というべきだった。

茂吉のうなぎは、日記を見ても、じつによく食べていることがわかる。が、土屋先生は、うなぎは利根川産よりも浜名湖の養殖うなぎ、蚕のさなぎを食って脂肪でギラギラしているうなぎの方がうまい、という説を立てていた。もちろん、先生は、竹葉などで最高級のうなぎを食べていたのだが。

昭和七年か八年の夏に土屋先生は樋口賢治君たちといっしょに福江（今は渥美町）に来られ、角上旅館に一泊された。伊良湖岬に遊んで、旅館にもどろうとしたとき、旅館の前の魚屋が煙を煽りながら汗みずくで長いコンロの上にウナギを並べて焼いていた。そのころこの町には養魚池が多く、どこも蚕のさなぎで養っていたから、ウナギはたちまちまっ白に太った脂肪のかたまりになった。サナギの臭いがぬけぬので、最下等品で東京ではもっぱら屋台用であった。しかもそのころは今のように電力で新しい水の滴を池にまきちらす技術など利用するものがなかったから、八月に十余日もかんかん照りがつづけば、池の水が熱くなり、酸素欠亡で、肥えふとったウナギが白い腹を見せて浮かび上がる。そのまま死ぬにまかせておけば、水が腐ってその池のウナギは全滅するので、プカプカ浮いて半死半生のウナギを片っぱしからすくい上げる。と小さな魚屋はただ同然でもらってくる。が、今のような冷蔵設備もないので、そのままにしておけば、すぐ腐るにきまっているから、せっせと剖いてせっせとコンロに載せて白焼にする。脂のもえ上がる煙の立ちこめる店さきに先生は立ち止まって、「これはうまそうだ」とその白焼を注文された。一尾分が二銭くらいだったような気がする。先生は五十銭も買われ、新聞紙に包ませて、角上に持ちこんで、その晩のご馳走とされ、ひょっとしたら翌朝も食べられたかもしれない。三人や四人で食べ切れないほどのウナギの白焼だった。そしていつまでも先生は「あのときのウナギはうまかったぜ、杉浦君」といわれた。宿屋ではサナギの臭いのしないウナギを用意していたのに、先生は脂ぎった養殖ウナギを食べられたのである。

あるときは、こんなことをいった。

「岡（麓）先生などは、君たちとはちがうんだよ。岡先生はうなぎ屋にあがると、注文してから生きたうなぎを裂いて焼くのを待っておられる。二時間も三時間も悠々として待つんだぞ、きみ。だいたい、岡先生のような通人は、うなぎを注文してしばらくたって、料理場の方から、うなぎの頭に錐をまないたにトントンと打ちつける音をきかなければ、うなぎを食べたような気がしないんだからね」

わたしはそのころうなぎがきらいだったので、そのように凝り性の岡先生にいくらか軽蔑を感じたものだ。

ところで、一年に一回くらい、すきやきのかわりに、校了祝の晩に、おでんとなることがあった。その日は、朝から土屋先生が奥さんと魚河岸まで、つみれやちくわやはんぺんを買い出しにいったし、味つけもまた先生で、わたしたちが校正の途中で、便所へ立つと、台所で先生が汗を出して奥さんと女中さんとにガミガミどなって指揮をしていた。

「きみ、おでんの味を見るには、とうふを食べればわかるよ。いや、一ばんうまいのはヤツガシラだぜ」

湯気の立っているおでん鍋を前にして、先生は一席講義をした。しかしわたしは、ヤツガシラは、咽喉につまって呼吸困難をひきおこすので、好きではなかったし、いまでも好きではない。しかし先生の講義をききながら食べるのは好きだった。

終戦前に先生は上州の山の中に疎開してしまった。いろいろな山草や野草からさわがにまで食べる歌がつくられたゆえんである。

先生はときどき吾妻の谷から出て、全国をまわった。先生の一ばん好きな宿は、岡崎から西へ入った海岸の東幡豆にあった。そこに商人宿があって、みめのよい、があまり愛想のない戦争未亡人が経営していた。宿屋の近くには朝ごとに魚市が立った。生きた車エビやカニやカレイやコチが山盛りに並べられた。その宿屋では、その生きた魚介類をたいして手のこんだ細工をしないで、ほとんど生地のまま、皿一ぱい出すのがつねであった。刺身、塩焼、吸物、注文によってはテンプラ等。先生はおかみさんの無愛想なのも気にいったらしいが、その魚の味の率直さをも愛したようである。名古屋へくれば、かならずその東幡豆の宿にきまっていた。

先生はその宿屋やまた旅行の途中などで、吾妻谷の食べもののことを物語るのであった。近所の狩人が狸を射ってきて、狸汁を食べた、その狸汁のつくりかた。そして、「一度、きたまえ、カラスをごちそうしよう」

吾妻川は硫黄のせいで魚のすまぬ川であって、その沿岸の住民は、魚以外から動物蛋白を摂取しなければならぬのであった。しかしカラスは吾妻郡の人々といえどもあまり食べないらしかった。

先生の話によると、カラスの羽根をむしって、床下の土の中に四、五日間埋めておく。そうすると、カラスのくさみがかなり抜ける。そうして何十パーセントか脱臭した肉をば、さらににおい消しのために、ショウガ入りの味噌で煮るのである。

「そんなにまずくないぜ、ぜひ来たまえ」

わたしは、一回だけ吾妻谷をおとずれたが、それはあいにく夏で、狸やカラスのシーズンではなかったし、先生も自宅でなく、河原湯温泉に滞在中であった。わたしは河原湯へいって、先生に会った。河原湯には、先生のお得意のご馳走は何もなかった。こうしてわたしは、ついに、狸とカラスにありつかないでしまった。

ところで、東幡豆の宿についていえば、昭和二十三、四年のまだ一般に魚のとぼしいころだったのに、注文すると、朝から車エビの刺身を皿に山盛りにして出してきた。（値段もずいぶん安かったらしい）先生は、半年分の魚を食いためておく、などというのがつねであった。

だが、二、三年たって、何回目か、東幡豆の宿屋をおとずれると、愁い顔の女主人はおらず、老婆が愛きょうをふりまいて迎えた。それだけで土屋先生の顔色はおもしろくなさそうだった。きいてみると、未亡人の姑が宿屋を乗っとって、前の女主人を追いだしてしまった。未亡人は西尾市あたりで飲み屋を経営しているということだった。

その晩も、魚料理ではあったが、どれも田舎のごちそうであって、やたらに濃く味がつけてあったばかりでなく、材料の魚はボラやサバやアジなど、どれも、町の魚屋に並んでいるしろもので、その質も、朝市でえらんで買ったというようなものではなかった。ただ形が大きいだけだった。わざわざ東幡豆くんだりまで食べにくる値打ちもない。

土屋先生もわたしもがっかりした。そしてそれいらい、先生は二度と東幡豆をおとずれない。食いものの弟子であるわたしも同様である。

わたしは、どうも短歌においてより食道楽の方で先生の教えをより多くうけたような気がする。

政治の汚れと証言としての文学

一

　わたしはいつも政治からはなれたいと熱く念願していたし、いまも念願している。いままで、わたしが政治を離れて文学はない、文学者よ、もっと勇気と行動力をふるいおこして政治の中に踏みこめ、という意味のことを書いたとしたら、それはだれよりもじぶんじしんを鞭うちはげまそうとしていたのである。小は町政から大は世界の革命にいたるまで、政治というものが、いかに汚なくじぶんを浸けてしまうか、しかし、生きていて多少ともよりよい生活を考える以上、このいやらしい政治というものの把手からいかに逃れられないものであるか、くりかえし感じなければならなかったからだ。逃げることができないから、わたしはいやでいやで仕方ないけれども、多かれ少かれ政治にかかわってきたし、いまもかかわっている。その間「膝栗毛」や「浮世風呂」の作者たちや大正昭和の私小説家たちにたいして若干の憎しみをこめた限りない羨望と憧憬とに憑かれたことも二度や三度ではない。政治的白痴ですごされることはどんなに幸福であることか。もちろん、江戸時代の洒落本作家や浮世絵師や歌舞伎役者は政治性を百パーセントあくぬきしたいわゆる「白痴の天国」にくらしていたとはいえ、政治の方はけっしてかれらをじぶんの把握からのがしはしなかった。山東京伝や柳亭種彦のような非現実的なエログロものばかり書いていた草紙つくりたちさえ、政治権力のもっとも尖鋭な刃である刑罰に刺しとおされる運命をさけることができなかった。そういうこともわれわれは承知している。

　戦争中には政治がその巨大な力をあまねく生活の隅々までおしひたすのを見て、わたしは体じゅうがしびれるほどおそろしかった。そして元末明初、また明末清初に前朝の遺民たちが、山水画の中に悠々と自己を韜晦しえたのを、羨望しないわけにはいかなかった。少くとも、中央集権化のこれだけ徹底的に進んだ日本には、政治からじぶんを隠匿する洞穴はどんな山蔭にも孤島にも残っていないのを知ったから。その点では今もかわりはない。

　文学史はたまには政治と文学とが軋りをあげぬ健康な文学者の出現を記しているが、そういう例はまったく星の運にめぐまれた稀有な僥倖という以外にはない。われわれには、そのようなふしぎなしあわせの星がつきそってはいない。それどころか、終始「政治と文学」とについて語らねばならぬ悪い星の下に生まれついたのではなかろうか。

　わたしはじぶんが政治に近づくに当って次の二つを導きの糸としていたし、今もしている。

　一つはマルクスがインドの村落共同体がイギリスの蒸気機関やイギリスの自由貿易のおかげで大部分解体され、そして消滅しつつある過程をながめたとき、イギリスの干渉によって、伝統的農工業を破砕して、その半野蛮的、半開明的共同体を解体させ、「かくてアジアがかつて見た最大の、そして真実のことをいえば唯一の社会的革命を完成した」ことを祝福している一節である。それにはさらに次のような熱情的な一節がつづく――

「ここでこの数万の勤勉な、族長的な、そして平和な社会的グループが瓦解し、その構成部分に解体され、悲惨の淵に突きおとされ、その個々の成員がその古来の文化と同時にその伝来の生活手段をうばわれるのを見ることが、人間的感情にとっていかに息づまるようなものであろうとも、われわれはこれらの牧歌的な村落共同体が、それがいかに無害なものに見えようとも、つねに東洋的専制主義の強固な基礎を形成し、人間精神を、考えうるもっとも狭隘な限界にとじこめ、この人間精神を、迷信の従順な道具に、伝説的な習慣の奴隷にし、そしてこの人間精神からすべての偉大さと歴史的に創造的ないっさいのエネルギーをうばったことを忘れてはならぬ。われわれは、瘠地の一片にかじりついて、平然と全国家の破滅、筆舌につくせぬ残忍な仕打、いくたの大都市の全人口の虐殺を、たんなる自然的事象をながめるのとすこしもちがわない無関心さで傍観し、そしてみずからはかたじけなくも彼等に注意を向けたまうようなすべての攻撃者の無力ないけにえとなってきたこの野蛮人の利己主義を忘れてはならぬ。……」（『マルクス＝エンゲルス選集』第八巻、一八五―六ページ）

これは短いが、『資本論』第一部の後半を色どる資本の原初的収奪と蓄積の歴史物語を煮つめ直したようなエネルギーをはらんでいる。そしてわれわれにとっては、われわれじしんの半封建的地主制や柳田民俗学の牧歌に心魂をぬきとられぬために、じぶんじぶんのまぶたに一字々々きざみこんでおくにふさわしい文字であった。それゆえ、次の結語にも心の底から共感をもちえたのである。

「イギリスがヒンドスタンに社会革命をひきおこすにあたって低劣きわまる利益にのみ動かされ、しかもこれらの利益を追求するやりくちも間の抜けたものであったことはたしかである。しかし、それは問題ではない。問題はむしろ、人類はアジアの社会状態における基本的な革命なしにその使命をはたしうるかどうか、である。この使命をはたすことができないとすれば、イギリスは、その犯罪がいかなるものであったにせよ、この革命の招来にさいしては歴史の無意識の道具にすぎなかったのである。

そのときは、古代世界の崩壊の姿がわれわれの個人的感情をいかにゆすぶろうとも、歴史にかんしてはわれわれはゲーテとともに次のように叫ぶ権利をもつのである――

この苦しみわれらを悩まさんとや？
そはわれらの喜びを増すなり。
げに幾万の人霊を
ティムールの支配下も食いつくせざりしや？」

ここにおけるイギリスを大東亜戦争における日本におきかえてみたいという気持におそわれるが、その点には後で多少ふれよう。

もう一つはゴーリキーの『追憶』における有名なレーニンである。

ゴーリキーは、大革命のさいちゅう、革命的戦術と実生活の残酷さについて、レーニンとたびたび話しあった。

「きみはどうしてほしいんです?」おどろいたように、また怒ったように、レーニンは訊くのだった。「いまだかつてないほど猛烈な、こんな喧嘩にヒューマニズムがありえますか? どこに柔和さや寛大さのはいる余地がありますか? ヨーロッパに封鎖されて、われわれは待ち設けたヨーロッパ・プロレタリアートの援助をうしない、反革命が四方八方から熊のようにわれわれのうえに這いよっているのに、じゃ、われわれは、——どうするんです? 闘っては、抵抗しては、なりませんか、その権利はないのですか?……」(ゴーリキー、湯浅芳子訳『追憶』(下)五一ページ)

またある日は「ケンカで殴りあうときには、どれだけが必要でどれだけが余計だと、なぐった数の量を、きみはどんなハカリで計りますか?」火の出るような対談のあとで、レーニンは訊きかえした(同)。

また、ゴーリキーは、ゴーリキーで、たれかの子どもたちを愛撫しながら、こう語るレーニンを記憶している。

「ほら、この子どもたちはもう、われわれよりもいい生活をすることでしょう。われわれがそれで生きていたものの多くを、彼らは経験していない。彼らの生活はずっと残酷でないものになるでしょう。」

そして、はるか遠くに、いかにもしっかりと腰を据えたような村のある丘をながめながら、じっと考えぶかく、つけ加えた。

「がそれでも、ぼくは彼らを羨みません。われわれの世代は、その歴史的な意義において驚くべき仕事を果すことに成功しました。いろんな条件によって余儀なくさせられたわれわれの生活の残酷さは、わかって貰えもするし、正しいと認められもするでしょう。なにもかもわかって貰える、なにもかも！」（同書、八―九ページ）

チェーカーの仕事のつらさを訴えたボルシェヴィキの話（同）もわたしの心をうごかすが、ベートーヴェンのピアノ・ソナタを聴いて、レーニンのいったことばはさらに大きく魂をゆすぶる。

「アパッショナータよりいいものを知りません、これなら毎日聴いてもいい。じつに驚くべき、人間のものとは思えない音楽です。ぼくは常に、他愛ないものかもしれないが、誇りをもって考えるんですよ。ほらこんな奇蹟を、ひとびとはつくることができるんだと！」

しかし、その後で、浮かぬ調子でつけ加えた一節はもっとも深くわたしの体の底までとらえる。

「しかしたびたび音楽を聴くことはできません。神経に影響して、愛すべき愚にもつかぬことを云いたくなったり、汚い地獄に住んでいながら、こんな美しいものを創ることのできるひとびとの頭を撫でてやりたくなったりするんでね。だが今日は、たれの頭も撫でてはいけない――手を噛みちぎられる。頭をぶたねば、無慈悲にぶたねばならない、よしんば理想においてわれわれは、ひとびとに加えられるあらゆる暴力に反対であるにしても。フム、フム、――義務というものは、地獄のようにつらいものですよ！」（同書、六一二ページ）

マルクスもレーニンも、文学と政治が分岐する境について語っているのではないか。そしてゴーリキーは、政治における残酷さが文学者として耐えきれぬことを告げている。プロレタリア文学の父であるゴーリキーにしてすら、そうなのである。ゴーリキーは、「二十五人と一人」のように、勇者が俗物をふみにじることをたたえようとも、実生活では、多少ともブルジョア的で反動に属しそうな友人の助命に奔走した痕をのこしているのである。それはたぶん革命の規律に忠実な行動ではなかったろう。だからレーニンをして「きみは同志たちの、労働者たちの目の前に、きみ自身を恥ずかしめていますよ」といわしめたのである。しかしゴーリキーはそれに屈せず、労働者たちが怒りやすく、いらいらした状態にいるものだから、値打のあるひとたちの自由や生命にたいして余りにも軽々しく、簡単すぎることがめずらしくないことを指摘するのをやめなかった。レーニンとゴーリキーの対話のうちにわれわれは政治と文学とが嚙みあっている姿を見はしないか。

ここで、もう一人の文学者を立会わせよう。というのはドストエフスキーのことなのである。ドストエフスキーの実生活はじつにいやらしい、意地わるい一面をもっていたらしく、幼女強姦をすら犯したと伝えられている。いや、その罪については、スタヴローギンの告白がこれを裏書している。がかれほど政治的文学を書いた文学者はない。かれの『罪と罰』でもラスコーリニコフがナポレオン──自分の征服欲のためには数十万の人間を戦争でころすこと虫けらのごとくにしか思わぬ鉄製の人間──であろうとしてありえなかったあとを執拗に追求している。政治家は多かれ少かれナポレオンを自己のうちにもっている。が、インテリゲンチャのラスコーリニコフは、たった二人の老婆を殺しただけで動揺と懊悩と錯乱に陥ってしまう。つまり大政治家になりうるためには、感受性や道徳においては、ふつうの人間とはまったく別あつらえにつくられていなければならぬことをあきらめているのだ。ラスコーリニコフのみでなくドストエフスキーじしんも、いかに幼女強姦という破廉恥な行為をあえてしようとも、政治家のように自己のひきおこした個々の人々にたいする災禍や不幸に無関心であることはできなかった。スタヴローギンは、自己の破廉恥罪を告白することによって自己鞭打的陶酔と救済とを味わおうとしているのだ。これに反して、同じ小説（『悪霊』）に登場する革命家ピョートル・ヴェルホーヴェンスキイほど、軽蔑かつ残酷に描かれている人物はほかにない。ヴェルホーヴェンスキイが、当時学生秘密結社の指導者で、一同志を裏切りものとして殺害したネチャーエフの戯画であるということに、ほぼまちがいはない。このリンチ事件の首謀者ネチャーエフにたいして、宮本百合子の『道標』では、（片山潜をモデルとしたとおぼしき人物の口を通して）革命家として高く評価されているが、ドストエフスキーはこの革命的陰謀家を毒々しい意地悪さでカリカチュア化しているのである。ということは、かれは人間の魂のどろどろの深みを知っていて、かれに創りだされた人物たちは（スヴィドリガイロフやラゴージンはもとよりスメルジャーコフですら）もっとも醜劣な行為をもあえて辞せないのだが、それなりにかれらは自己の行為に個人的に責任を負うているのに反して、政治家であるヴェルホーヴェンスキイは、かれの野心もしくは政治的目的のため、人間を手段と見なしていた。そのためにシャートフを殺害しても、かれじしんの良心は何の責任を負う必要を感じていない。まさにナポレオンのカリカチュアでもある。ドストエフスキーの文学は、いかにも反動的な思想に深くおかされていようとも、そういう無責任さを断じて容赦していない。つまりそういう人間的責任を回避しうる政治がヴェルホーヴェンスキイとして作者の憎しみと軽侮とによって糾弾されるのだ。もちろん、ドストエフスキーが、どんなに歯ぎしりしても、現実の世界で、一種のナポレオンである陰謀政治家ネチャーエフに指一本指させるものではない。ゴーリキーは、革命の混乱のさい中、不幸にも革命政権の手中にあやまって陥ちた犠牲者、そのまま処刑されても革命の名においてほとんどだれ一人責任を負い良心のいたみをおぼえることのないであろう犠牲者のいくたりかを、レーニンの力を借りて救いだしえたが、ドストエフスキーはリンチで殺害された学生を救いえなかった。かれには、ヴェルホーヴェンスキイという毒々しいカリカチュア化以外によって失なわれた一個の生命の復讐をなしとげえなかったのである。ヴェルホーヴェンスキイをつくるときかれの魂の底でゆらめいた機微がかすかにうかがい見られるような気がする。

政治の中でも、マルクスは歴史の発展にしきつぶされる人間たちの光景を「われわれの個人的感情をいかにゆすぶろうとも」とか、「人間的感情にとっていかに息づまるようなものであろうとも」とくりかえしており、レーニンも革命の達成のためにおこなわれる残酷さをば「いろんな条件によって余儀なくされた」といい、また現在の状況を「地獄に住んでいる」とみとめているのであって、けっして牧歌的生活の破砕やあやまちやすきテロリズムを歴史や革命の名において手放しに謳歌しているわけではない。それには必ず幾多の人間の生命と生活がかかわっているからである。もともと、レーニンは「われわれは、多くの誤りをおかしているという叱責をあらゆる方面からうけている。たしかにそのとおりである」「われわれが国家の統治を引きうけたとき、われわれは当然なことながら、多くの誤りをおかすことになったし、また当然のことながら、非常委員会（チェーカー）の誤りは、もっとも人目についたのである」と革命を完全無欠な形では描いていない。が、「われわれは誤りにもとづいてまなぶ」のであり「われわれがどんな誤りをおかそうとも、——その実践によってわれわれはまなんでおり、革命を遂行する誤りのない技術の地盤を準備している」というように、人間的犠牲を含む政治的誤ちに感傷的に溺れてしまうのではなく、誤ちを踏まえて革命を前進させうる自信にみちている。（その立場をゴーリキーも、感動してみとめている）が、自分のあやまちをあやまちとしてみとめるかぎり、そのあやまちを一括して押し切るのではなく、ゴーリキーの頼みを容れる余地が残されていたのであろう。そこには文学が政治とぶつかりながらも、自己の法則に忠実でありうる条件があったのである。

だが、スターリン時代が来て、党とその指導者が不可誤診の神聖さに高められるにつれて、文学は自己をうしないはじめる。けだしいつも絶対に正しい存在または象徴にたいして、文学者のはたしうるのは、頌歌の合唱だけだからである。

積極的で健康でもっぱらスターリン路線に忠実な主人公たちが今日のわれわれの目にどれだけの魅力をのこしていることか。これに反して、われわれの知っているかぎりのソヴェト文学を通して唯一の反革命的主人公グレゴリイ・メレホフは何と絶大な迫力をもってわれわれをとらえることか。グレゴリイは一たん赤軍に参加するが、けっきょく白衛軍に加わり、反革命のためにあらゆるエネルギーをつくしてたたかう。われわれは、かれの運命がひたすら大破局に向ってまっしぐらに進んでいるのを見ながら、けっしてかれに嫌悪も憎しみも感じないだろう。グレゴリイだけでなく、反革命側に加担するメレホフ一家、かれのしゅうとのミロン・コルシューノフ一家も、それぞれえごい性格をもちながらも、憎悪をもって見ることができない。むしろ貧農でボルシェヴィキのアクティヴであるミシカ・コシェヴォイは、けっして健康でも善良でもなく、ときには悪玉のように見えなくもないのである。いや、しばしば『悪霊』のピョートル・ヴェルホーヴェンスキイの面影を彷彿させるのはどういうことだろう。もちろん、ヴェルホーヴェンスキイのように戯画化されてはいないが。

ショーロホフは革命戦争の中に生きぬいてきて、政治と人間との最も深刻なかかわりあいを目撃してきたのだ。革命・反革命は人間の善悪にかかわらぬ運命によって決定される。当時の、また後世の政治も、打倒された白衛軍を一括して反革命・悪党の判決をくだせば足りようが、現場に立会ったかれは、その判決の結論的正しさを承認しながらも、一括処分をうけた犯罪者たちの中のあるもののために情状酌量を求めるべく証人台に立っているのである。

それはゴーリキーがレーニンに逮捕者の釈放を求めておこなった「火の出るような対談」と同質の内容をもっている。政治は個々の人間の運命にかかずらわっていることができない。レーニンの苦渋をたたえた対話がその余儀なさを告げている。そして、くりかえしていうが、政治家は個人の不幸について個人的責任をもたぬし、もちえぬ。もし、そこまで責任をもったら、政治家を廃業せねばならぬだろう。しかし文学の対象は一括しての文明や進歩や革命でなく、そういう社会的政治的動きに参加、または、まきこまれた個々の人間の運命以外ではない。ショーロホフは悪い星の下に生まれて空しく、汚辱のうちにほろびていった一つの人間的能力を記念したい情熱にとらわれたのである。いわばメレホフ一家の『平家物語』的叙事詩なのである。

レーニンの場合には、白衛軍は無慈悲に殲滅することをためらわないけれども、その中にグレゴリイ・メレホフのような宿命を辿った才能のあることを否定しはしないだろう。ときには愛惜するかもしれない。だが、スターリンの中にもスターリン主義の芸術理論であるジダーノフの芸術論の中にも、メレホフが作者のかぎりない愛着をもって主人公として創られうる余地はない。ただ『静かなるドン』がスターリン時代を通してソヴェトで愛読されていたとしたら、それがジダーノフの演説以前にすでに古典としての地位を確保していたからだろう。少くとも『静かなるドン』の作者は、スターリン時代の文芸理論家がすすめたように、「やくざ者、ブルジョア・イデオロギーやブルジョア・モラルの担い手にたいする非妥協的な感情を読者にそだてる」ようには、その代表的作品を書きはしなかった。したがって、肯定的な性格の形成、さまざまな生活環境における先覚者の行為を芸術的に開明した模範的作品のリストには入りえなかったようだ（シャモタ著、南信四郎訳『芸術性について』二四ページ）。しかしそのことは、けっしてショーロホフの文学的敗北ではない。スターリン主義はくつがえされても、『静かなるドン』が生きているゆえんなのだ。もっともショーロホフは、スターリン時代をつつがなく生きのびたが、多少ともジダーノフ理論を讃仰せず、現状讃美を歌いたがらなかった文学者の多くが粛清されたことも事実だ。現実生活の力関係では、文学者は政治権力の前には、掌ににぎられた一羽の雀にひとしい。

ゴーリキーがいっているように「ロシア国家の不器用な機械がいつもふんだんにもっている、あの〝メカニズムの欠点〟」は、その後も残っていただろう。それが個々のあやまちの訂正をさまたげたが、レーニンの時でさえ、「値打のあるひとたちの生命を救ってやることを欲しない誰かの意地悪い気持」も働いたし、復讐と怨恨も作用したし、「身近のひとびとのくるしみを享楽しようとする病的な欲望をもつ、心理的に不健康な、小人たち」も権力機関の中にまじっていた（ゴーリキー前掲書、五二―三ページ）。たしかにそういう不正は、共産党の中には、よそとくらべて少いかもしれないが、皆無というわけにはいくまい。その欠陥を意識して抑えていけば大きなあやまりはないだろうが、不可誤謬説が支配しはじめると、たちまちそういう小人や意地わるさや私的怨恨がはびこりだす。たとえ、大衆の労働と革命的情熱に支えられて社会的発展はつづいても、個人々々のこうむる不正と汚辱と損失ははかりしれないものとなる。文学はこのばあいどのようにすればいいのだろう。グレゴリイ・メレホフのように、過去の反革命の徒ならアクチュアルな影響を及ぼさないだろう。が現実の状況下で、もっとも現代的な主題と主人公とをえらんだら、どういう運命が文学者を待つだろう。それが、けっして現在の政治権力に致命的打撃をあたえるものでないどころか、かえって改善の糸口になりうるにしても、多少とも脇腹に苦痛をあたえる。多少の苦痛をともなわぬ打撃なら、改善のたねにすらなりえないのだ。ところがアユによってならされた権力者じしんは権威にたいする侵害と憤るし、権力のまわりにいつでもメガホンをもって待ちかまえている御用学者や理論家が、一せいに拡大された声で、その否定的禍害をわめき立てるのがつねである。さいきんではエレンブルグの『雪解け』をめぐるやかましかった論争をよみなおすがいい。その攻撃的批判はフルシチョフのスターリン批判によってまったくこっけいなものになってしまったが、当時の声は小さかったとはいえないし、しばしば威嚇的にさえひびいた。ドゥディンツェフの『人はパンのみに生くるにあらず』は「高い地位にいる若干の官吏を非難した部分が効果をおさめた」（ボッファ）にもかかわらず、いわば戒告的批判にさらされた。ただし、どのようなはげしい批判、ときには非難をうけたにしろ、さいわいにもエレンブルグもドゥディンツェフも、スターリン死後のことであって、政治は自己をかなり抑制して、思想問題をば組織処分や刑事処分にすることをあえてしなかった。

政治が文学者をもなぎたおしたスターリンの粛正については事実がまだわれわれにつまびらかにされていないから、そこで文学者たちの遭遇した悲劇について論じることができない。が、同じスターリン主義のもたらした戦後最大の悲劇ハンガリア事件における文学者の悲劇的役割については、いくらか報告されている。それはわれわれ日本人にとっての悲劇でもあるように感じられる。

事件に先だつハンガリア共産党の指導部を占めたスターリン主義者が、本国のスターリンより一そうスターリン主義者であったらしいことは、当然のことでもあり、かつそこでおこなわれた粛清その他がそれを物語っている。しかもソヴェト同盟におけるのとはちがって経済的基盤が未熟のまま強行されたその政策が、国民にとっていかに耐えがたさをおびていたか、われわれにもいくらか類推できないではない。文学者ゴーリキーは、革命の個々人におよぼすあやまちをレーニンに訴えて多少とも緩和することができた。が、ハンガリアの良心的な文学者にとって、レーニンはいなかった。しかも指導者たちは、レーニンとちがって、自己や党にあやまちのあることをぜんぜん認めないどころか、そのあやまちを口にすれば、そのものを粛清の対象にしかねなかった。根本的な政策にもあやまちが含まれていたが、個人個人の生活にたいして、あやまちの重さは一そう苛烈であったにちがいない。そういう中で、ハンガリア事件が勃発した。はじめはスターリン主義打倒のデモであったが、いろんな（帝国主義のスパイの煽動も加えて）条件が重なることによって、それは急速に反共反ソ暴動に変質していった。良心的な文学者の多くは、ゴーリキーがレーニンに訴えたと同じ気持で、この反スターリン・デモに参加したようだ。大学生や労働者もはじめから反共暴動を意図して立ちあがったわけではなかろう。しかしハンガリアにおいてスターリン主義と共産主義とは癒着してしまって、ふつう人には区別することは不可能に近かった。そして一たん進行しだした大勢を引きもどし、または引きとめることはもっと不可能だった。もっとも純真でもっとも善良で、ときにはもっとも良心的な青年や労働者も、知らず知らずのうちに反共暴動の渦にまきこまれて、暴徒として打ち殺されあるいは逮捕されねばならなかった。グレゴリイ・メレホフに似て、一そう悲劇的であった。文学者もショーロホフのように後日かれらの運命をいたむという立場ではなかった。文学者は今まで数年にわたって経験した総体的な政治のあやまちに対して沈黙を守っていることができなかった。それゆえそのあやまちの訂正を求めるデモ隊に協力したのは自然の成行きであったろう。つまり文学者じしんがメレホフであった。万一、不幸にもハンガリアに生まれて良心をもっていたら、わたしなども「暴徒」と運命を共にする以外にはなかったかもしれない。もちろん、わたしの愛する共産党やソ連軍とたたかうよりファシストや帝国主義者とのたたかいに死ぬ方が百倍も千倍もいいのだが、走りだしたバスから飛び降りられるものではない。

ソ連軍の介入によってハンガリアは帝国主義者の手に陥ちず、第三次世界大戦の発火点となることからまぬがれたとはいえ、暴徒として斃れた人々の運命をおもうと、グレゴリイにたいする以上に胸がいたむのをおぼえる。かれらの名前にはおそらく名誉回復のチャンスはおとずれることもないだろう。そして当分かれらのための記念碑としてハンガリアの『静かなるドン』を書いてくれる文学者もあらわれないだろう。そうしてくれそうな文学者たちはかれらと運命を共にしたのだから。

かれらにくらべればポーランドで同じ状況下に殺されたひとびとはまだしもましであった。『灰とダイヤモンド』等において歴史の歯車にかみつぶされたかれらの死屍が野犬のそれのようにどぶにほうりこまれずにささやかな名誉回復をもちえたからである。

このように政治がやむなくおかす小さなあやまちや行きすぎがその場でただされ、あるいはおくれて名誉挽回されればいくらか救われもしようが、ハンガリアではそうではなかった。没落したものはその最初の動機のいかんにかかわらず何一つつぐなわれなかったのである。政治では、その個々人の特別の条件や理由や動機は一切捨象され、申しひらきはゆるされず、一括して審判がおこなわれる。しかもつねに勝利者が敗北者をさばくというきびしいおきての下に。文学のみが、政治の下敷になった敗北者の申しひらきや訴願に耳をかすのであるが、それさえわれわれの耳には入ってこない。はじめから誹謗を目的としたキンキン声の反共文書は別である。

そこに政治と文学との深い裂け目がひらいている。さきにいったように、政治の世界ではつねに勝利者が敗北者をさばくという鉄則に貫ぬかれている。そこから目的のために手段をえらばぬという法則も流れ出てこよう。そして政治にたずさわるもの、とくに現存の権力と対立しこれを打倒そうとする革命家は油断なく歯まで武装していなくてはならぬ。もっとも論文ばかりが漢字で武装されている革命家もいるが、ともかく革命運動家といえども、政治にたずさわるかぎり、戦術としての陰謀、駆引、妥協、背信、残酷等々であることを避けることができまい。だからこそ、

「どうしようがあります、マーリャ・フョードロヴナ？　闘わねばなりません。ぜひ！　われわれは辛いだろうって？　もちろんですよ！　ぼくにだって苦しいことはないと、あなたは思います

か？　ありますよ――それどころか……」（ゴーリキイ前掲書、六四ページ）とレーニンの呻きのようなことばが出てくるのである。こんなことをレーニンは中央委員会やソヴェト大会ではいいはしない。文学者のみがとらえたレーニンなのである。

が、そういうレーニンの指導の下にあって、政治そのものが避けることのできぬさまざまな苦痛にみずから耐えているとき、文学は、政治とのあいだにどんな深い亀裂があろうと、それをこえて、信頼をもって、政治と一しょに歩むことができる。が、政治指導者には、ナポレオンやフーシェやヒットラー等は別としても、意志と権威のかたまり、陰謀の結晶が多かったし、多いのではなかろうか。政治というもっとも激しい強食弱肉の闘いの中で他をしのいで出てくるのだから、それも当然であろう。だが、そういう権力意志に憑かれた指導者の下では、美しいスローガンや綱領とはかかわりなく、ゴーリキーも指摘しているような嫉妬家、意地悪、サジスト、おべっかつかい、また善良だが自分のない小人たちが権力機構の中に入りこんで、大きな影響をひろげる。政治がそのもっともいやらしい面をむきだすのである。人々は自己をまもるために、その政治に順応するか、それとも石のように沈黙を守らねばならなくなる。もっとも沈黙は不服従のしるしとしてしばしば危険な運命をもたらすが。そういう政治の下では、みんなが一種の狂気と錯乱におちいるのか、だれがどんなことをやってのけるやら、平常の心理状態からは見当もつかぬ。文学者といえども、例外ではありえない。スターリンの大粛清のとき、作家同盟幹事ユージンは、アウエルバッハ、キルション・ヤセンスキーを反党的グループ活動の廉で、次いでスパイとして告発して、これら才能ある文学者たちをトロツキスト、スパイとして殺してしまった（ヤセンスキー『無関心な人々の共謀』（上）邦訳本における江川卓の解説）。告発者はユージンひとりではなく、もっとたくさんいたらしい。それゆえに、おびただしい血の犠牲を出したのだ。スターリン主義のモローズからさいしょの「雪解け」をうたいだしたエレンブルグすら、スペイン内乱では告発者としてトロツキスト系作家の血で手を汚したと伝えられている。そういう告発が文学者みずからの積極的発意でなく政治による要請ないし「スターリンの指令の忠実な実行にすぎなかったとしても、その責任はひとつも軽くならないだろう」し、かつその加害者たちが「いまだ公開の自己批判さえおこなうことなく、現在のソヴェトで要職をしめている事実について、私たちは大きな矛盾を感じないではいられない」という江川卓にわたしは共感する。もっともわれわれも、もっともみみっちい範囲ではあったが、一九五〇年には、粛清悲劇をながめねばならなかった。そのとき、わたしじしんも、冷静であったつもりなのに、いまにしてふりかえれば、その錯乱に感染しなかったとはいいきれないのである。

しかし一たん狂気が過ぎ去ってしまえば、たいがい大赦によって戦犯でもスターリニストでも、罪は洗い流されるものだ。ごく運のわるいごく少数のものだけが、報復され懲罰をうけるだけで終るものらしい。もちろん、政治の世界ではそれで片づいたことになるかもしれない。が、文学は被害者の苦痛や汚辱がそんなことではつぐなわれていないことを知っている。そうだ、政治が一しょくたに過去として埋めたものをいま一度掘りかえす作業が文学者にもとめられる。それはいやな仕事だが、われわれがそれをやらなければ、政治がレーニンにおけるようなものとはなりえない。

粛清劇の縮刷版――というのは国家権力にバックアップされない組織の内側だけでおこなわれたおかげで、さいわいにもわれわれの粛清はソヴェトや東欧諸国のような大量処刑の大惨事を見るにいたらなかった――を経てきただけでも、政治からいやらしさ、汚なさを洗い清めることが不可能に近いほどむずかしいことをわれわれは骨身にこたえて知っている。

何とか取りかえしのつくあやまちすら容易にただすことができないものだとしたら、南京やマニラで女や幼児をふくめた十数万の中国人フィリピン人を汚辱し殺戮したわれわれの犯罪がどうして消滅できるか、わたしには見当がつかない。ただ涙を流してあやまればすむという問題ではなかろう。われわれのスターリン主義者たちはたいがい「同志にすまなかった」と涙を流すことで、直哉の『和解』の父子のように和解を完了したつもりでいるようだが、それは浪花節の大団円であって、縮刷版の問題の解決ですらなかった。後世になれば、あるいは日本軍の中国革命およびアジアの植民地解放における役割をインドの古い制度破砕におけるイギリスとおなじく「歴史の無意識の道具」と皮肉な評価をあたえられるときがくるかもしれないし、すでにわれわれのもとでは南京、マニラの惨劇とかかわりない日々が流れて、そんなことを思いだすのもおっくうだとする気分が一般であるけれど、わたしの耳の底からは、いまだ、虐殺された子供や男女の悲鳴が消えていない。そしてその悲鳴は、夜毎の空襲で火と煙の渦巻く中で救いをもとめるわれわれの女や子供の叫びと重なっている。政治家は過去を忘れたふりをして手を握りあい、また、じっさいに忘却しさっても、いや、政治がそのようにするゆえに、文学はその暗がりに葬むられた過去を執念ぶかく掘りおこし掘り返さねばならぬように義務づけられていることを感じるのだ。口をぬぐっている告発者を告発し、手袋をはめている加害者の汚れた手をむきだす責任が負わされているのである。それだけが、政治から汚れを落し、被害者につぐないしうるほとんど唯一つの道ではなかろうか。ナジム・ヒクメットの「広島の少女」の詩を思い出すといい。

ところが、そういうことは、政治の世界では、勢力関係が顚倒しないかぎり、いつまでたっても見られはしない。が、文学者はそれをやることができる。もちろん権力の玉座の側で給仕しようと汲々としている文学者はこのかぎりではない。そしてさいしょにいったように、そういう文学者には、いつどこでも不足しはしない、が、われわれの友ではない。

魯迅が、黄埔軍官学校でおこなった講演は今日ではよくしられている。「文学文学と騒いでも、一番役に立たないもので、力のないもののすることだ。実力のある人間は、何も口をきかないで、いきなり人を殺す。圧迫される人間が、何かしゃべったり、何か書いたりすれば、すぐ殺されてしまう。たとえ運よく殺されなくて、ただ毎日大声で叫び、苦痛を訴え、不幸をならべてみても、実力のある人間は相変らず圧迫し、虐待し、殺してしまう。彼らに立ち向う方法はないわけです……」というにがいイロニイをこめた声は、そのまま、今も生きている。けっして蔣介石政権下のものだけではない。じっさい、文学者には、権力をもったものに立ち向う方法がないのだ。理不尽であろうと何であろうと、かれらがその気になれば、物理的強力によって、文学をする主体そのものを消滅させることができるのだから。ファシストのような非人間的活力さえ、権力をもてば、多くの文学的才能を、その可能な仕事をはたす機会をもつまえに、暗黒の中に永遠に葬り去ることができたのである。そしてその政権が存続するかぎり、野良犬のように打ちすてられ、唾をはきかけられ、あるいは湮滅させられて、名誉回復すらあたわなかった。それと同じことが、みじかい期間であったにせよ、ソヴェトでさえおこなわれえたのを見ると、わたしは魯迅のことばがさらに一そうの深刻さをおびてくるのを感じる。わたしは政治にたいして絶望を感じたし、今も感じないわけにはいかぬ。

しかし今ではファシストは打倒されたし、ヤシンスキイら不幸な人々の名誉回復はおこなわれた。ソヴェトには、もはやスターリン時代が再現されない保証が成立っているという。（ボッファ『スターリンからフルシチョフへ』を見よ。）そういう報告は、わたしをいくらか慰める。が、われわれのもとには、そんな保証はありはしない。わたしが政治から離脱したいゆえんである。

だがファシストはもちろん、レーニンではなく晩年のスターリンやその亜流が権力をにぎるばあいには、国民全体も不幸だが、文学者はその国民的不幸をもっとも重く背負わねばならぬという責任感が、わたしをかろうじて政治からの逃走から引きとめる。

また、遠藤周作の小さなエッセイの中の次の一節なども、わたしを政治にたいする絶望から救う何かをもっている。

「その中であまりに薔薇がうつくしく塀にからんでいる家があったのでぼくは何気なく足をとめた。薔薇の花と葉とのうしろに何か書いた銅板がみえるので指でそっと茨をかきわけてみると『この家で独逸秘密警察は、仏人男女を拷問し、虐殺した』と彫りつけてあった。」（『風景』十月号所掲「サドのことなど」より）

虐げた連中は忘れても、ともに苦しんだ仲間、ただ文学者だけでなく、もっとひろい民衆の心のあいだに、刻みこまれているしるし。政治はかってに通りすぎても、名もない民はじぶんたちの苦しみをけっして忘れられないことを記念したしるし。『静かなるドン』のような巨木モニュメントでもなければ、『夜と霧』や『原爆の子』のような強い証言でもないけれど、まことに薔薇の花と葉の茂みの奥にかくされているにふさわしい、ささやかなしるし。その彫られた文字の中で政治の汚れが民衆によって清められたことを思わせるしるしを、わたしは読むような気がしたのである。

文圃堂の人々

（一）

大学正門前と一高前（今の農学部前）のあいだ、やや正門寄りに二間間口の文圃堂という古本屋が開店したのは、昭和八年か九年かであった。わたしは本郷通りから百メートルばかり入った小さな下宿屋にいたが、そのすこしさきに徳田秋声の経営しているアパートがあり、さらにさきの小さな柘植アパートの階下の一室には田宮虎彦が間借りしていた。大学新聞の編集部に入ってから、ときどき田宮の室をのぞきにいったけれど、田宮は級は同じでも年は三つ上で、どことなく老成していて、わたしのように青くさくなかった。だからわたしは本郷通りへ出て、古本屋をのぞいたり、ぶらぶらしている仲間をつかまえていっしょに喫茶店にゆく方が多かった。

文圃堂という新しい古本屋ができたので、さっそく見にゆくと、むっつりした大きな男が坐っていてじろりとにらんだので、わたしは並んでいる本棚もよく見ないで逃げだすように出てしまった。その店には三、四人の店員がかわるがわる坐っていたが、どれも人相がよくなく、店に入ってゆくのが気おくれするのだった。毎日一回は、本郷通りに並んだ十数軒の古本屋をのぞくのがつねであったのに、文圃堂だけはたいてい素通りすることにしていた。

ところが、ある日、薄暗い店の奥から「おおい、明平くん」と呼びとめる声がした。そこにはわたしより一級下で、丸山真男や立原道造と同級生だった、明石博隆君が坐っていた。明石君は寮の食堂や教室への往きかえりに出あうと、目礼する程度の関係にすぎなかったが、一目見ると左翼だなとわかるような鋭い目付き（後でわかったところでは、かなり強い近視なのに眼鏡をかけず、見るとき目を据えるせいであった）が印象に残っていた。伊藤律の組織したグループに属していて、検挙されたうわさをきいていた。

「退学になってなぁ」と、着流しに手入れしないバラバラの髪が眼の所まで落ちてくるのをかきあげながら、アッハッハとわらった。これも後できいたところによると、逮捕された伊藤律が保釈と引換えに自白したため、明石君たちのグループ十数人が一せいに検挙されてしまったのだそうだ。転向を肯《がえん》じないで退校処分をうけた数名のうち、明石君は郷里の神戸にちょっともどっただけで、再起をはかって上京して、どういう関係でか、この文圃堂に勤めることになった。新学年になったら、どこか学校に入りたいといっていた。

翌年の三月、わたしは神戸にもどった明石君の代りに、東京物理学校に入学願書をとどけにいったことをおもいだす。物理学校は無試験で全員入学させたうえ、成績のわるいものは片っぱしから落第させるので有名な学校だった。事務室の窓口から書類と写真とを提出すると、事務員は紺がすりの着物を着て、バサバサのこわそうな髪を伸ばして、目をひそめている明石君をじっと見ていたが、「ハァ、この人アカですな」と一言の下にいってのけたのである。

それはともかく、明石君がいることがわかってから、わたしは文圃堂に出入りするようになった。

主人の野々上慶一氏というより慶ちゃんは、広島の松本組の息子だった。松本組の長男は、後に外務次官やソヴェト大使になる松本俊一氏、次男は東大助教授、三男は呉市長で現参議院議員という秀才一家だけれど、慶ちゃんは反逆児で、母方の家を継ぎ、早稲田大学に入ったけれど、左翼運動に関係して追い出されたという話だった。からだは大きくないが、同じ長髪でも明石君とちがって色が白く、ギロリと目玉をむいて入ってくる客をにらみつける。たいていの客は、慶ちゃんににらまれると足がすくんでしまうようだった。その慶ちゃんは、学校をほうり出されてぶらぶらしていても仕方ないと、おやじさんから金を出してもらって本郷通りに古本屋をひらき、同時に出版にも野心を抱いていた。そのために幾人かを雇ったのだが、どれもみんな変っていた。

その一人、大きな体の北さんは、いつも店番というより読書をしていた。客が何かたずねると、おこったように「知りません」と答えるだけだし、値引きを交渉すると「できません」とぶっきらぼうに一言いうだけだった。北さんも、プロ文学運動崩れで、『唯物論研究』という雑誌だの、リャザノフだのをいつも読んでいた。そして夜は外国語学校の夜学に勤勉に通って、ロシア語を習っていた。わたしたちが明石君としゃべっていても、ふりかえりもしないで、勉強している。北さんはその後外務省嘱託になったが、今では福井研介という本名にもどって、ソヴェトの児童文学や教育学の紹介者として知られている。

もう一人も、やはり象のようにからだの巨きな大内君という青年だった。大内君は慶ちゃんの郷里広島から青雲の志を抱いて上京してきたらしいが、無愛想なことでは北さんに劣らなかった。が北さんとちがって、勉強しないで、しょっちゅう屋台でおでんやをやっている娘や、どこかの喫茶店の娘に惚れこんで、いつもどこかに通いつづけていた。見かけとちがって、きわめて善良で、「美代ちゃんが、大内さんを一晩見ないとさびしいといったよ、フフフ」とのろけ話ばかりしたが、わたしたちがいっしょにいってみると、じっさいは適当にあしらわれているのが、だれの目にもはっきりとわかった。この大内君は文圃堂解散後広島にもどったが、原爆で爆死したということである。あの象のような目をした大内君がどんな死にかたをしたか、想像してもいたましい。

そのほかに、文圃堂にはいろんな人物が入ってきた。が経営不振で給料も払えないらしく、たいてい半年ぐらいで消えてしまったが、いずれもプロレタリア文学運動やプロ演劇運動、あるいはプロ美術の関係者であっただけでなく、明石君や北さんをべつとして、みんな運動の崩解によって人間的にも歪みの強い奇怪な連中であった。ひどく卑下したかとおもうと、ちょっとしたことばに侮辱を感じていきりたつ自尊心を秘めている、ドストエフスキー的な人物たちであった。が、その後の消息は一人もきいていない。

一人だけ常識的だったのは、式場隆三郎の弟である式場君という青年だった。式場君は、慶ちゃんが小林秀雄や武田麟太郎からたのまれて発行した『文学界』の編集者としてやってきた。はじめ一号か二号は、明石君が古本の店番のかたわら割付したり校正したりしたものだった。式場君が専門編集者として入ったけれど、売れ行きはよくならず、文圃堂の経営は困難になるばかりで、『文学界』は休刊がつづいた。けっきょく『文学界』は文藝春秋社に移ることになったが、式場君も雑誌といっしょに文藝春秋社に変っていった。式場君がその後どうなったかはしらない。

（二）

文圃堂の主人慶ちゃんは、めったに店に姿を見せなかった。奥にもいなかった。番頭の明石君や北さんは、マルクス主義の本を読むのに邪魔っけならしく、お客につっけんどんな応答しかしなかった。はじめから棚一ぱいというわけではなかったのに、一月もたつと、店の棚はがらがらに空いてしまった。売り上げがたまるころ、慶ちゃんがあらわれて有金全部をつかんで去るのだから、古本の仕入れはもちろん、店員の給料も満足に支払いようがなかったにちがいない。品物が少ないから、客の出入りも減っていくばかりだった。

明石君や北さんは、よく本郷通りの夜店や早稲田あたりの古本屋をまわっていた。二人とも、弾圧が強化されてようやく品薄になってきた左翼関係の本の価値には明るかったので、十銭均一の中からプレハーノフや猪俣津南雄のパンフレットをさがしてきて、二十銭とか三十銭とかの値をつけて店の棚に並べておく。客が買ってゆくと、その金は店に入らず、その本を掘りだしてきたものの収入になるのであった。

北さんの下宿は、一高前の横丁のアパートにあったが、その店には、当時発禁になったソヴェトの小説や河上肇の「資本論入門」など、山のように積んであったのをおぼえている。そのうえ、注目すべき新刊が出ると、北さんはさっそく新本屋で買ったが、ふしぎに北さんの買う本は片っぱしから発禁になった。発禁になると、私服の巡査が新本屋をまわって、現物を押収してゆくのである。

明石君も、発禁本をじつにうまく安く買ってきた。本郷通りに夜店を出している古本屋も「明石さんにはかないませんよ」というほどだった。わたしを上野や逢初橋や浅草界隈の古本屋に案内してくれたのは立原道造だが、明石君はずっと後に、本所深川から亀戸に出て小松川にいたる路次の奥にある古本屋という古本屋、一軒のこらずつれていってくれた。大戦になってからも一月に二回ずつ日曜日に、明石君か他のたれかと、本所緑町から亀戸まで古本屋をのぞくのがわたしの習慣になったほどである。それはともかく、小がらな明石君はちびた下駄ばきで、おそろしく早足に、あまり人のしらない下町を歩きまわっていたのである。オストロフスキーの「鋼鉄はいかにきたえられたか」も二種類の訳本が出たが、どちらも出版されると即日発禁になったし、ショーロホフの「しずかなるドン」も発禁になった。そのころ、わたしは古典以外にあまり興味をもっていなかったので、北さんが新本を買ったのを見て、ものずきとしか思えなかった。が、戦争になってからオストロフスキーが読みたくってたまらなくなった。そのことを明石君にいうと、四、五日後に明石君は、オストロフスキーの訳本をわたしの下宿にとどけてくれた。それも二種類ともであった。レーニンや河上肇の本も、明石君がよくさがしてくれた。その一部は今でもわたしの蔵書の中に残っている。

明石君じしんも左翼の本をたくさんもっていたが、金がなくなると（もう文圃堂もつぶれたのちのことだったから）、本郷の夜店の古本屋にかなりの値段で売りつけた。本郷には、そういう種類の本をさがしにくる人が多かったのである。そのように明石君は本をよく売ったが、かれの下宿には本が減らず、増える一方だった。ただ北さんの蔵書が、菊判のクロス表紙のりっぱな本が多いのにたいして、明石君の部屋に積んであるのはパンフレットに近いものが多かったようである。昭和十八年ごろ、明石君が逮捕されて、その関係でわたしも警視庁特高課に呼び出されたことがある。半年ほど前に明石君が結婚したとき、その祝いの会の発起人として名前を並べていた六人――平貞蔵、桜井武雄など――のうち、五名は前歴がわかっていたのに、わたしには特高係のやっかいになった前科がなかったので、参考人として取調べをうけたのであった。

「明石君とは高等学校から喫茶店仲間ですから」とわたしは、あまりボロも出さずに答えた。「結婚祝をしてやってもいけないのですか」

「いや、そういうわけじゃないが」と係の渡辺警部補が答えた。「しかし、こういう連中とはあまりつきあわん方がいいね。ところできみは伊藤律と同級生だね、戸谷（敏之）や平沢（道雄）とも友人だね」

それはどれも左翼でつかまった同級生であった。

「友だちです。このごろは会いませんが」

「ところで、伊藤律が下獄するときの送別会にはきみも出たんだな」

わたしはすっかり狼狽した。伊藤律は、懲役の判決をうけていたが、肺がわるくて仮釈放になっていた。ところが、対米戦争がはじまると同時に再収容の命令が出た。わたしは十二月八日の晩、友人の佐々木や先輩有末氏といっしょに、松住町近くの料理屋でささやかな送別の宴をもった。すでに物資も乏しかったし、灯火管制の暗い室で、伊藤の健康のために乾盃したのだ。そのことをどうして特高が知っているのだろう。

「ハイ」とわたしはうなずいた。

「だれといっしょだったか」と、急にきびしい声で警部補がたずねた。今までがたんなる質問だったとしたら、こんどはまさしく訊問だった。

「二人だけです」と、わたしは本能的にそう答えた。

「場所はどこだ」と圧倒的にやってくる。

「銀座のビアホールです」とわたしは答えた。今もあるかどうかしらないが、銀座二丁目あたりにエビスビアホールがあって、昼間はビールはなく、定食を出していた。それには舌ビラメのソテーとかメンチボールとか、そのころとしては、他の店では出ないごちそうが手ごろな値段で食べられたので、前に一月に一回、寺田透と落ちあう日には、かならずその店にいったものである。とっさに、わたしはそのビアホールのことを思いついた。もうそのころは、いったこともなかったのだが。

「そうか」と特高はすこし失望したように調子をゆるめた。「どうも、きみの周囲はよくない。今日はこれで帰ってもらうが、こんど来るときには、当分帰れないことになるぞ。友だちづきあいに気をつけた方がいい」

わたしはそれだけで帰されたが、室の入口に、マルクスやレーニンやカウツキーのパンフレットが三つの山に積まれているのを見た。見覚えのある明石君の蔵書にちがいなかった。せっかく集めた本をみんな押収されてしまったのだ。

わたしは、氷川下の古本屋の二階に間借りしている明石夫人に連絡して下宿にもどった。

その後、釈放されて出てきた明石君に、「どうして伊藤律の送別会のことがわかったのだろう」とたずねると、明石君は「特高がそんなことを知るもんか。明平君は人がいいからヤマをかけたのに、ひっかかったんだよ」とこともなげにいった。文圃堂時代から十年も後の話である。

（三）

文圃堂は、古本屋と『文学界』の発行のほかに単行本の出版もしていた。慶ちゃんの計画はかなり遠大なものというより空想的なものだったようだが、経済的に動きがとれないのだから、ほとんど実現のしようがなかった。わたしの記憶では、ジード「エル・ハジ」、草野心平詩集「蛙」、それに最初の「宮沢賢治全集」三巻だけだったような気がする。『文学界』の同人川端康成や武田麟太郎の小説をねらっていたようだが、慶ちゃんの企画していた本の大部分は二、三年後、創元社で実現化された。

「エル・ハジ」から話をはじめると、アンドレ・ジードとフランス文学とが一せいに紹介されるようになる前夜にあたっていた。すこしまえに、第一書房からジードの「パリウド」の翻訳が出ていた。わたしたちの仲間では立原と寺田透とが、まっさきに問題にした。がロシア文学と北欧文学にとりつかれていたわたしは、軽妙なフランス文学に頭から反感をもっていたし、「パリウド」におけるジード流の逆説にみちた自己解剖や心理の追求がよくのみこめなかった。しかしさっそく夜店の五銭均一の中から、ジードの「田園交響楽」や「シャルル・ルイ・フィリップ」という小冊子をさがしだしてくることはおこたらなかった。「田園交響楽」と「狭き門」は、女学生小説として愛読したが、その後まもなく出た建設社版「ジード全集」十二巻を読みとおしたのちも、一口にいってジードは好きになれなかった。「自意識」とか「不安の精神」とかのシンボルとして、ジード論が文壇だけでなくインテリ世界をにぎわしても、わたしはどうもついてゆけなかったことをおぼえている。戦後ジードの作品の数篇を読み返したとき、あんなに難解だった「パリウド」その他が何でもなくわかったし、ジードが、子供がおもちゃをバラバラにこわすみたいに、小説を分解する手つきはおもしろかったけれど、やはりジードを尊敬する気にはなれなかったし、今もなれない。ジードには、いやな体臭があり、そして「小我」といっていいようなこせこせしたところがある。

それはさておき「エル・ハジ」は、ジードの初期の作品で、ひそかに「田園交響楽」の甘美さを味わったわたしは、同様な小説であることを期待していた。それは、百ページ前後で、四六倍判（今のB5判）の豪華限定版としてあらわれた。草野心平の「蛙」も、同じ大型の本で、定価が三円か五円かであった。「エル・ハジ」は「蛙」よりは安かったが、ページと比べて、きわめて高かったので、けっきょく「全集」の出るまで待った。そして、高い本を買わなくてよかったとおもった。

特殊な限定版も、すでにそのころ、二、三の書店から出ていたので、慶ちゃんはそれを学んだのであろう。白水社からフランス文学の訳本が二、三冊出ていたが、江川書房という書店はとくに一部の愛好者から注目されていた。立原道造がしきりに江川書房の本をさがしていたのは、堀辰雄の特製本がこの本屋から出版されていたからであろう。江川書房の本は、用紙もきれいだし、装幀も堀辰雄好みなのかフランス風というのか、垢ぬけのしたもので、フランス風にアンカットのままの本が多かった。そして印刷所は「精興社」にきまっていた。ここの活字はやや細長くて繊細だが、鮮明だった。立原は、本屋へ入ると、いきなり奥附をひらいて、「これはいい。白井赫太郎氏だ」というのがくせだった。白井赫太郎は精興社の社長で、「印刷者」として名をのせているからである。わたしも立原にそそのかされて買った絵入りの「伊豆の踊り子」など、江川書房の本二、三冊は今ものこっている。

立原は美しい紙にきれいに印刷された大型の本で読むことじたいがたのしいといっていたが、わたしはどんな汚い印刷でもたくさん詰めこんでありさえすればよかったのだから、立原がいなかったら、江川書房の本などと一生涯縁がなかったかもしれない。

世の中にはわたしのような人間が多いので文圃堂の豪華限定版もさっぱり売れず、店がつぶれるまで、「エル・ハジ」も「蛙」も、奥に山のように積んであったし、ときには古本屋に半額位の値段で新本が並んでいた。今では「蛙」の方の古本相場は、数千円ではなく数万円に達しているそうである。もともとあのころの五円はわたし個人の財布からいえば、今の三、四万円に匹敵したといってもいいすぎではなかろう。

そういう関係で、草野心平も、文圃堂に出入りしていたが、わたしは詩人として尊敬しているわけではなかったから、べつに近づきにもならなかった。あごに無精ひげをツクツク立てた薄汚い、しかしわたしたち学生などに目もくれない人だったように記憶している。

しかし「エル・ハジ」の訳者、石川湧とはときどき喫茶店にいって、湧さんの怪気焔を拝聴させられた。というのは湧さんは、唯物論研究会か何かの関係で北さんのところへあそびにきたのだが、手堅くてむっつりした北さんよりも明石君と親しくなったので、わたしもいっしょに話をするようになったのである。

湧さんは、今でもときどき会うが、そのころはずっと年輩のような気がしていた。外語学校のフランス語科を出て、ぶらぶらしていた。フランス文学が流行するまえで、大学で仏文科も東大に一学年三、四名、京大に二、三名、早大に若干名とごく限られた数しかいなかったようなころだから、貿易会社か何かでなければ、就職口はなかったろう。石川湧は文学をやり、しかも唯研にまで関係していたから、どこにも雇い手がないのがあたりまえだった。エミール・ファゲの「読書論」とかサント・ブーヴ「わが毒舌」とか、シルヴィオ・ペリコ「獄中記」とかの訳稿を、出版所に一冊分三十円でたたき売りして、すごしていたらしい。

湧さんにとって、大学教授ほど腹の立つものはなかった。喫茶店に腰をかけないうちから、さっそく「辰野隆の『シラノ・ド・ベルジュラック』は何だい。誤訳だらけじゃねえか。あれで大学教授かねえ。あんなのに教わる学生のつらが見てえ。小林秀雄の『よひどれ船』もひでえな。こんど岩波文庫で出た『赤と黒』、一行目に誤訳があるぞ。あとのページも誤訳だらけさ。渡辺一夫なんて、よくできると自己宣伝しているが、フランス語はからきしできゃしねえよ。山内義雄ときたら、フランス語にかんしては白痴だね。あいつのジードからは、正しい訳文をさがす方が困難だ。京大の太宰施門ときたらもっとひどいもんだよ……」とやや巻き舌でまくしたてる。辰野や小林については、ほんとうだったろう。が、湧さんの話をきいていると、フランス語に通暁して誤訳しないのは湧さん一人で、あとはみんななっちゃいないということになる。が、わたしは誤訳であろうと何であろうと、一応興味深く読めればそれでよかった。

湧さんにとって、大学教授どもは不倶戴天の仇敵だった。一人一人の訳文のあやまりを指摘するというより弾劾してゆくことに、情熱というのか悲憤慷慨というのかさえありありと感じられた。

三十年たった今でも、すし屋で一ぱいやると湧さんは、だれかを弾劾して悲憤しなくてはおさまらぬようだ。が、昔ほど恨みや憎しみをもった重いひびきはない。石川湧は、今では東京学芸大学教授なのである。

（四）

三枝博音さんも、文圃堂にやってくる常連の一人だった。唯物論研究会の関係で北さん（福井研介）の友人だったのだろう。もっとも三枝博音といっても、もう知らないひとが多いかもしれない。戦前に左翼運動が弾圧されてから、研究活動ならよかろうと、在野で中堅のマルクス主義学者たちのつくった唯物論研究会のメンバーで、古在由重や永田広志などとともに地道な研究をつづけていた。「唯物論全書」は、フランスのディドロたちの「百科全書」の現代版たらんことを期して出版されたということで、昭和十年前後の左派学生の愛読書だった。三枝さんはその一冊「論理学」を書いたようにおもう。

アララギの、具体的で即物的でしかも抒情的な薫陶をうけていたわたしには、この唯研的傾向はどうも肌にあわなかった。実践運動からすでに隔たって、多く転向をしていた唯物弁証法論者たちの論述は、多分に観念的で空まわりというような感をまぬがれなかったからである。あまり感心しなかったものの、わたしもいつのまにか三十冊くらい唯物論全書を買って、一応目を通していた（今でも書庫に残っている）。

三枝さんの本も、とくべつ興味深いとはおもえなかった。それどころか、そのころ夢中になって崇拝していた河上肇博士が、どこか（多分パンフレット「社会問題研究」においてであった）で、三枝博音とわたりあって、三枝の唯物弁証法をやっつけているのを読んだばかりだった。三枝さんも二十代のことだったらしいし、学問的にどちらが正しかったか、わたしにはわからなかったが、河上博士にやっつけられただけで、三枝博音というマルクス主義哲学者にたいする軽侮の念を感じたものだった。

今でもわたしには三枝さんの哲学的な業績や「論理学」の価値を云々する力がないけれど、三枝さんの大きな仕事は第一書房出版「日本哲学全書」全十二巻の編纂であったのではなかろうか。

この叢書には、日本人の書いた中世から明治にいたる歴史、経済、政治、哲学等にかんするもっとも代表的な著作がえりぬかれて、くわしい解説つきで紹介されている。「神皇正統記」や福沢諭吉のようにありふれたものもまじっているが、江戸時代の儒学者の論文のように、容易に手に入らないものがたくさん収録されている。「忘れられた思想家」といわれる、江戸時代で唯一人共産主義を説いた安藤昌益の「自然真営道」など、この叢書以外ではほとんど読む機会もないほどだ。そういう貴重なめずらしい著述が収録されている。

このように日本をふりかえることになったのは、マルクス主義運動弾圧と「非常時」という、戦争準備体制との微妙なかねあいというようなところがないではなかった。急速に燃えあがったプロレタリア運動は、ドイツやソヴエトの直輸入のようなところがあり、論文の引例などもほとんど外国のことばかりだった、といってもいいすぎではないくらいだった。が、その運動が潰滅すると、日本の歴史その他、もっと深いところからさぐり直そうという反省が生れた。政府や軍部が、日本主義、日本の歴史の輝かしさをうたうのに一生懸命になった時期と、微妙にかさなっていたのである。日本を見直すという口実で、時局に便乗して、マルクス主義の日本土着を深めようとしたのか、日本への回帰ということで左翼までが日本主義の網のうちにからめとられてしまったか、やや識別しがたいものがいまでものこっている。日本浪漫派が、ほとんどみんな旧左翼運動家から出たこともこのことと無関係ではないようにおもう。

　それはともあれ、羽仁五郎や服部之総などの仕事は、戦後に引きつがれてゆくのである。つまりかれらの仕事がなかったら、戦後のさまざまな学問の発達はうんとおくれただろうといえる。そういうなかでも、三枝博音の「日本哲学全書」編集は、基礎的な大事業であった。

　北さんはこの叢書が発売されると、さっそく買っていたのに、わたしは、唯研的な傾向にたいする反撥と、河上＝三枝論争とのために、とうとうこの叢書を買わないでしまった。ちょっと買いたいとおもったことが何回もあったけれど、ついに買わずにおわったのである。ところが、このごろ維新前の文学について書くのに、この叢書以外では読めない原典が幾篇もあることを知った。仕方ないので、岩波書店を通して借りてもらって用をたすというようなしまつで、三枝さんの恩恵を思うぞんぶん利用することができなかったものである。

　三枝さんは、まことに見ばえのしない人であった。石川湧さんは、からだが大きいし、声も大きかったが、三枝さんは、名前がりっぱなのにくらべて、やせて、小がらで、爺むさいひとだった。ときどきいっしょに喫茶店にいっても、ポソポソと話をした。その内容もどんなことであったか、おぼえていないくらいだから、パッとしたことではなかったにちがいない。

　ただ一度だけ、小学生のお嬢さんをつれて本郷にやって来たことをおぼえている。お嬢さんも、三枝さんに似て、やせて小がらで、すこしこましゃくれていた。

三枝さんの家は青山五丁目か六丁目であった。お嬢さんは小学五年生だという。土屋先生の梅子さんも五年生だったはずだ。同じ青南小学校（当時、本郷の誠之小学校に次いで有名な進学率の高い小学校）にいってるというので、「土屋梅子さんを知ってますか」とたずねたら、三枝令嬢は一言の下に、「土屋さん？　わたし、大きらい」といったので、わたしはもうたずねる元気もなくなったことをおぼえている。どうして梅ちゃんがきらいなのか、きく余裕もないくらいのいいかただった。

その後、唯物論研究会も弾圧されて、主なメンバーはみんな検挙された。後に知りあいになった土方定一氏や桜井武雄氏もやられたらしいが、三枝さんも入っていたことはいうまでもない。あんな地味で、篤実なひとをどうして検挙するのだろうとおもった。

その後、三枝さんには会ったことがない。

戦後まもなく三枝さんはなくなった。北さん、今の福井君に会ったときの話では、三枝さんのお嬢さんもとうに結婚したということだった。

（五）

短歌の話からすっかりそれてしまったが、道草ついでに、もうしばらく戦前の本郷通りの話をつづけることにする。

文圃堂は『文学界』の発行所になったから、その同人たち小林秀雄、川端康成、横光利一なども出入りしていたはずだった。今のような大家ではなく新鋭と中堅のあいだくらいだが、大学生や文学青年の崇拝の的だった。わたしたちは青年らしい自恃心をもっていて、こういう文壇人と個人的に接触するのを意識的に避けていた。ただ、編集を手伝っている明石君から、「こんど同人を拡大して旧プロ作家も参加する。が中野重治は参加をことわった。あいつは偏屈なやつだからな」というように、喫茶店で同人の動きなどをときどき聞かされた。

中には、文壇の中堅と個人的に近づきになりたくて文圃堂に出入りする文学青年もないではなかった。が、まったく色気も愛想もない狭い古本屋に、高名な文学者はめったに顔を見せなかったようだ。偶然わたしの出会ったのは、「いのちの初夜」を書いて、ハンセン氏病文学者として高く評価された北条民雄一人きりである。まだ二十歳をこえてどれほどにもならぬ、ふつうの青年で、立去ったあと「あれが北条民雄だぜ」と教えられておどろいたくらいである。村山の療養所から『文学界』の原稿を届けにきたところだったらしい。

武田麟太郎はしょっちゅうあらわれた。いつも着流しでへこ帯をだらしなくしめ、百日かつらといいたいほど長く髪をぼさぼさにしていた。「下腹が出っぱりすぎて、帯がうまくしめられん」とか「洋服では尻が入りきらん」とか、いっていたが、本郷に出てくるのは、たかる相手をさがしにきたのかもしれない。田宮虎彦はときどき武麟のもとに出入りして小説を見てもらっていたようだが、「人民文庫」はまだ結成されておらず、武麟はふとったからだをもてあますように、のそりのそり本郷通りを歩いていた。文圃堂に慶ちゃんがいればしめたもので、慶ちゃんを引ったくるように引っぱりだし、円タクを拾ってどこかへ消え去った。

もともと慶ちゃんが『文学界』の発行を引受けたとき、原稿料は採算のとれるまで支払わぬが、そのかわり編集会費を負担するというような条件だったという。だから編集の集りだと称して、同人たちはしょっちゅう飲んでいたらしい。だいたい慶ちゃんじしんが飲み買うことが大好きだったから、編集のためにというよりいっしょに飲むために同人を集め、いっしょに遊びまわったのである。

昼すぎに文圃堂をのぞくと、大がらな大内君が、きわめてふきげんで投げやりに「もう、何かないかい、北さん」と、風呂敷包を抱えて出てくるのに出くわすことがあった。

「何処へ」

「裏へ」とぶっきらぼうに答える、「質屋へいくのは、いつもおれの役でな、杉浦さん」

「質屋なら、なれっこじゃないかね」

「うん、そりゃなれっこだよ」と大内さんはにやりと笑う。「しかし、質屋ののれんをくぐるところをよっちゃんに見られたくないからなぁ」

よっちゃんとは、質屋の隣にある「天神山」という古いカフェー食堂の娘だった。大内さんは目下せっせと「天神山」に通っているのだろう。

「北さんはどうしたんだい」

「北さんは冷たいんだ」と大内さんはじつに悲しそうな顔をした。「慶ちゃん個人のことだろう、その金をつくるのだから、おまえ行ってこい、と取りあってくれないのよ」

大内さんの説明によると、昨夜からか一昨夜からか、慶ちゃんが『文学界』同人の小林と芝浦に沈没してしまった。ところが、さっき、二百円持参して芝浦ガス・タンク裏の待合××にすぐ来てくれ、という電話がかかってきた。小林と二人で安芸妓を買ったのはよいが、金が足りないのであった。二百円持ってきてくれないと、待合から一歩も出られない。女たちはとうに帰ってしまって、小林と慶ちゃんと二人で退屈しきっているらしい。こらしめのために、夕方までほうっておいてもいいのだが、無銭飲食で警察につき出されることになっては、おやじさまにすまぬから、店じゅうの売上げをかきあつめたが不足なので、慶ちゃんとじぶんの背広を質に入れることにしたというのである。大内さんは慶ちゃんのおつきとして、松本家から文圃堂に派遣されてたようだ。

このように、慶ちゃんは、小林、河上、林房雄、中原中也、武麟などと遊びまわっていた。が、慶ちゃんをまじえなくて、武麟や河上から直接に文圃堂に「待合にいるから、いくら持ってきてくれ」「飲み屋で支払いができなくてこまっているから、すぐ届けてくれ」という電話がよくかかった。もちろん文圃堂にはいつも金がなかった。が、それでも何とか工面して、大内さんが待合なり飲屋なりにかけつけるのであった。原稿料の代りだったろうが、ずいぶん高くついたにちがいない。しかしそれも、主人の慶ちゃんが好みだから仕方なかった。『文学界』の方は文藝春秋社へ移ったが、慶ちゃんの『文学界』同人との交友はつづいていたらしく、すっかり何もなくなった文圃堂にも、ときどき、救出たのむの電話がかかったり、あるいは武麟のように吉原から付け馬つきでタクシーを乗りつけ「すこしつごうしてくれ」とたのむことはやまなかった。大内さんが青山の松本本宅に電話をかけて、泣き声で金策をたのんだりした。

このころも文学者はよく飲んだようだ。そして金がなくなると、本屋に電話をかけてつごうさせるのがふつうだった。小林、河上などは相当なものだったらしいが、わたしの行くような場所ではなかった。ただ、武麟は、浅草から吉原にかけて出没していたから、京町一丁目の喜久屋で一人飲んでいるのを見かけたことがある。いや、いつか慶ちゃんにつれられて銀座を二、三軒飲み歩いて、大衆的なおでんやの二階に上がると、人ごみの中で武麟が一人すわって飲んでいた。慶ちゃんが、「おい、一人か。いっしょにいかんか」とさそった。だいぶんまわっていたわたしもそばから、「おーい、武麟、いっしょに飲みにいこう」といった。すると、武麟さんはむっとしたように顔をあげて、「おまえみたいに口の悪いやつといっしょに飲むのはいやだよ」といって、一人で黙って飲みだした。武麟と口をきいたのも、これがはじめてで、しまいだった。ひょっとしたら、前に明石君や北さんと喫茶店にいっしょにいって、何か雑談したことが二、三度あったような気もする。が、武麟の文学を尊敬していないわたしは、何もおぼえていなかったのかもしれない。

（六）

北条民雄の「いのちの初夜」が『文学界』に発表され、川端康成や小林秀雄から絶讃されたのもそのころであった。ハンセン氏病についてアララギの歌で深い感動を与えるものがあったので、わたしは「いのちの初夜」にはそれほどおどろかなかったが、文壇には大きなショックをあたえた。

ある日、大学新聞社の帰りに田宮虎彦と文圃堂に立ちよると、編集の明石君と話をすませた髪の長いやせた青年が、原稿をもって椅子から立ち上がって出ていった。その空いた椅子に田宮は腰かけて「今日は武麟さんは顔を見せなかったかね」と明石君にたずねた。明石君が、「まだ見えないよ。今の男が北条民雄だよ」というと、田宮は、飛び上がるようにして椅子からはなれた。北条は、村山の療養所にいて、それから一年ばかりしてなくなったが、わたしもハ氏病患者が外出することをはじめて知った。当時は、療法もないので、やたらに隔離するだけだったから、まさか本郷通りまで北条民雄じしんがあらわれようとは思いがけなかった。

高村光太郎も文圃堂で話しているのを二、三回見かけた。高村のアトリエは、農学部のすこし北の方にあったはずだから、べつにめずらしいことではなかったが、それは宮沢賢治の全集を文圃堂から出版する話だったらしい。

宮沢賢治は、今では小学生にいたるまで知っている。が、昭和八、九年ごろにはほとんどまったく無名だった。もっとも、詩人としては仲間のあいだである程度知っているものもいたらしいが、立原もわたしもはじめて聞く名前だった。

「すごい詩人なんだぞ」と明石君がいった。「高村光太郎にいわせると、宇宙的大詩人なんだ」

それにしても、こんな無名の詩人の全集を引きうけたのは、慶ちゃんなればこそであった。

「童話もすごいんだそうだぜ」と明石君がつけくわえた。「横光利一も谷川徹三もほめちぎっている」

文圃堂の空いた棚に「イーハトヴ童話・注文の多い料理店」という紫紺色の紙表紙の本が三、四冊並んでいた。明石君の説明によると、賢治が生存中、盛岡で自費出版した童話集であった（奥附によると、大正十三年十二月一日、盛岡市杜陵出版部発行となっている。菊池武雄という人が装幀と挿画を引きうけている）。ところが出版したものの、ぜんぜん売れなかったらしい。返品になった本は荒縄でくくったまま、押入にほうりこんであった。十年間埃をかぶっていた百数十冊をこんど全集出版に当って文圃堂に持ってきたから、こうして並べておいた。宮沢賢治といってもだれもしらないから、いつまでも並んでいた。全集が出て有名になってから、「注文の多い料理店」も売れだした。わたしも一年くらいたってから、一冊買って読んでみた。本の題名になった「注文の多い料理店」が一番よかったが、その後、全集を読み直したときも、この一篇がもっとも充実しているとおもった。

文圃堂の全集は、詩集二巻、童話集一巻の全三巻で昭和九年に発行された。一冊二円五十銭はあまり安い本ではなかったが、意外に売れた。といっても四百部か五百部であったろう。

文圃堂の狭く汚い二階に上ったことがある。明石君は、原稿の束を出してきた。

「こんな原稿が、押入を探すと、いくらでも出てくるんだそうだ。全集に入れたのは、ほぼ完成した作品だけなんだ。同じ題材の下書きやら、書きかけて未完成のまま中絶したものやらすべてを入れたら、十巻以上になってしまうからな。詩もどのくらい未完成の作品があるか、わからないなぁ」

なるほど未定稿、断片だったが、きれいな字だったようにおぼえている。

「こういうものも、何十枚もあるんだが、始末がわるいんでね」と明石君は大型の楽譜の束を投げ出した。校歌だの、じぶんの童話の中の詩を作曲したものだの、じぶんで罫線を引いて、おたまじゃくしを描きこんである。全集に収めることはむつかしいにちがいなかった。だから編集者ももてあまして、机の上に積んだままになっていた。二、三枚もらっていくといったら、「欲しかったらもっていけよ」と、十枚くらい、くれたに相違ない。

正直にいうと、わたしには宮沢賢治の詩は、カッコに入ったり、擬音が多かったり、長すぎたり、おしゃべりにすぎるような気がした。だから自筆の楽譜をもらってきたいとおもわなかったのである。

それでも、本郷通りの古本屋をのぞいたとき、茶色の布表紙に大きな文字で「詩集春と修羅」というのが目につくと、さっそく手にとってみた。十銭だった。そのころは、古本屋における売れない詩集・歌集の値段は十銭ときまっていた。宇宙的大詩人の詩集の初版だから、十銭なら買っておいても損にはなるまいと、わたしは「春と修羅」を買った。わたしはずいぶんたくさんの本を買ったが、掘出しものというのは、この一冊だけであった。

それはともかく、文圃堂がしばらく余喘を保ちえたのは、この「宮沢賢治全集」三巻のおかげであった。というのは、宮沢賢治の評判はだんだん高くなっていって、全集もポツポツ売れだしたからである。最初の古本のうち売れそうな本は売り尽し、しかも主人の慶ちゃんや文士たちの待合や飲み屋の支払いで有金もすっかりなくなってしまったのに、北さんも大内君も明石君も、その後入ってきた二、三の編集者も、かつがつ餓死しないですんだのは、「賢治全集」の金が毎日何冊分か入ってきたからであった。入金のない日には「全集」をどこかの古本屋にもってゆけば、一冊一円五十銭くらいで引きとってくれたからであった。

しかし数年後、「宮沢賢治全集」は紙型ぐるみ文圃堂の手をはなれて、十字屋という神保町の古本屋に移った。十字屋では、二巻を追加して五巻の全集にした。

詩人宮沢賢治について、立原道造は「いやだなぁ」といった。立原のように抒情的で、ことばの少い詩人にとっては、まったく異質なむしろ敵対的な存在であったにちがいない。これにたいして寺田透は、「すげえ詩だよ。宇宙だな」と巻舌で感歎した。

風吹けばお百姓がモウかる

今年はとうとう台風がこなかった。天気予報で熱帯性低気圧が発生して徐々に成長しつつあると報道されるたびに、こんどこそやってくるぞ、と待っていたが、とうとうこないでしまった。そのように台風を待っているのは、災害工事をあてにする土建屋ではなくて、もっとも台風の被害をうけるはずの農民なのである。

もとは台風といえば南九州に上陸するものときまっていたが、この一〇年くらいは、私たちの伊勢湾から紀伊半島あたりが台風銀座になってしまった。一九五三年の一三号台風、一九五九年の一五号台風すなわち伊勢湾台風、一九六一年の第二室戸台風と、つぎつぎに、古今未曾有の災害が襲来して、そのたびに、住民は恐怖のどん底に陥ったし、その被害も骨身にしみて味わった。伊勢湾台風では七〇パーセントの家屋が損害をうけただけでなく、一週間後には、吹きあげた潮風のために、畑作物は文字どおり全滅し、山の小松やかん木も吹き倒されたうえ塩で焼けて枯れてしまい、見渡すかぎり褐色の死の世界がくりひろげられたので、当分、草も育つまいという絶望感さえいだかされたくらいである。

だから、この地方の人々、とくに農民こそ台風にいちばんこりごりしているはずである。いやじっさい、熱帯性低気圧が台風に成長したというニュースをきいただけで心配で顔色をかえるひとも少なくない。にもかかわらず、台風を待っているのである。

もちろん、巨大な台風が九州とか四国とかよその土地を通過したら、これにまさる喜びはない。台風にともなうさまざまな悲劇、たとえば洪水、高潮による人畜の被害や家屋の倒壊、あるいは田畑の埋没などについて、だれよりもにがい経験をもっているから、被害地の人々にだれよりも強い同情をおぼえないわけではない。が、よその田畑の作物がほろびれば、当然生き残ったこちらのダイコンも白菜もキャベツも値上がりする。それゆえ「台風南九州に上陸か」などというニュースをきくと、思わずにたにたとしてしまわずにはいられない。

一例をあげよう。狩野川台風のときには、この地方はほとんど被害をみなかったのに、台風がすぎると、たちまち野菜の値段が暴騰した。その前年、大豊産のために、ダイコンは大暴落し、特産のタクアンも安値のまま夏を越した。四キロ七〇円前後で、生産原価を割っていたのに、狩野川台風と同時に、一二〇円、一五〇円とはねあがった。早く売った農家は損をしたが、しんぼうして待っていた家はかなりのもうけをあげたものだ。

伊勢湾台風は風速七〇メートルの潮風が吹き荒れたのだから、さきにいったように、畑の作物は全滅した。だから、むろん、台風シーズンを予定して売らずにあったタクアンは暴騰して、たちまち二〇〇円を突破した。というのは、タクアンの生産中心地である三重県のダイコンも全滅して、その年の伊勢タクアンは期待できなくなったからである。

上にいったように私の地方のダイコンも全滅した。ダイコンどころかキャベツも一本残らず枯れたし、数百棟の温室が倒れてしまったり、ガラスが割れて、冬の最重要な電照菊の多くが枯死してしまった。町じゅうの全農家のうち幾割が再起できるだろうか、と危ぶまれた――ところが一年もたたぬ翌年の六月ごろには、ほとんどの農家が家を建て直し温室を建てまし、耕耘機を買いこんでいた。そして「やっぱり台風はなくちゃいかんのん」といいだした。

というのは、それぞれの受けた被害は甚大だったが、第一に、救援物資が山のように分配された。第二に、税金が減免になって、ほっとした。第三に、多額の融資が出た。六・五パーセント、ときには三・五パーセントという安い利子で、相当額の借金がゆるされた。その金で温室を修繕したり、新築したりできた。もともと温室の多い農村だったが、台風後に温室の棟数が一挙に倍近くふえたのは、この低利資金のおかげだった。百姓の中には、低利で借りて、株を買ったものも少なくなかった。(これもだいたいもうかったそうだ)

だが、何よりも農家を喜ばせたのは、野菜相場の暴騰だった。九月末だからキャベツはまき直しがきかず、あきらめるよりほかなかったが、ダイコンは暖かい気候のおかげで、一〇月はじめにまき直したのが成長して、なんとかつけものになるくらいになった。タクアンが翌年の秋まで高値であることはわかっているから、小さなダイコンがひっぱりだこで、昨年キロ四円だったのが、一時は七〇円にも達した。収量が六割でも、値段が一二倍なら、そのほうがもうけはずっと大きいのである。

冬に出荷する電照菊も、品不足ということで、生産原価一本一〇円のものが、三五円から六〇円に売れた。(台風もなく暖冬だった前年は、二、三円で原価を割ってしまった)それどころではない。

台風でキクの苗を枯らしてしまった人々は、温室を修理しておくればせながら春出しのキクを植えつけたところ、春ギクも冬の相場のあおりで、三〇円から五〇円で飛ぶように売れたのだ。一冬で台風の損害くらい軽く浮かしておつりが出たのだが、台風がなかったら、花の値は絶対にこんなに高騰しないのだ。それどころか豊作だったら、野菜にしろ花にしろ、二束三文で、肥料代も出ないことを、農民は腹の底から心得ている。

進歩的な人士は、台風のニュースなどを見たあと、百姓に同情して「原子力を平和的に利用すれば、台風を解消させるか、進路を変えさせることができるはずなのに……」という意味の発言をするし、今年のように、台風のこない年を農民のために「よかったねえ、台風もこないですんで」と祝うようだ。もちろん、農民はインギンだから、表面ではその同情に感謝するみたいに目を伏せて、うなずくだけだろうが、腹の中では、せせら笑って答えるにちがいない。

「じょうだんじゃねえ、旦那。台風さまがやってきてくれなくちゃ、わしらは首をくくらにゃならんですぞね」

また、よその地方に台風が吹けば大喜びする非人間性を非難されたら、即座に、

「おれたちが泣くときに、むこうさんが笑うんだから、あいこじゃないか」

と答えるにちがいない。

なるべくなら、よその地方を台風がおそうように！　万が一、よそに上陸しないなら、台風の目が自分の頭上を通過しても、ぜんぜんどこにもこないよりはましだ。どうか台風さま、一年に一、二回は必ずきて、農作物を吹きとばして下さい、ただし、できることなら五、六割は残して――これが蔬

菜地帯の農民の熱い願いなのである。

今の農家が自主的に生産過剰をきたさぬよう、生産制限をしないからいかんのだ、というような非難は、意味のないことだ。けだし農民はそれぞれ一国一城のあるじとして生活するのにけんめいで、他人の思惑など顧慮しているひまはないからである。

それどころか、もうかりそうだとみたら、他人より一本でもよけいに植えたいのだ。たとえば、わたしの町では、最近Aソース会社と特約してトマトを栽培している。それまで青物市場だけを相手にやっていたが、買いたたかれて赤字つづきだった。Aソース会社は最低価格を保証するので、それならどう計算しても損しないとわかると、一坪でもたくさんトマトを植えようと腐心する。だからトマトの植付け時期になると、毎日のように部落放送のマイクが、

「トマト耕作者のみなさんに申しあげます。トマトの苗を契約以上植えないでください。明日検査員が本数を検査にまわりますから」

と叫びつづけねばならないのである。だれだってもうかるにきまっているものを進んで遠慮する気にはなれないだろう。キャベツや玉ネギについても、農協や県の指導員あたりは、作付け反数を制限するように呼びかけるのがつねだが、そんな忠告に耳をかたむけるのは百姓ではない。去年あたったから、今年は自分の能力のかぎり、たくさん植えつけずにはいられない。その結果、生産過剰になって、損をすれば、翌年は作付が半分にへるにきまっている。

そういう過剰生産でこりる以外に、作付けを調節してくれるのは、台風を頂点とする天災以外にはない。台風たちは百姓の意志を無視して、作りすぎたキャベツ・ダイコン等々をほろぼして、もうけ

のある価格にまで農作物の相場を引きあげる役割をはたす。

したがって台風がなければ、異常寒波や長期降雨などであってもかまわない。耕作物が大量に滅ぼされさえすれば、結果は同じことなのである。

昨年も、今年のように、四海波静かで風《かぜ》松の枝を鳴らさずというような順調な天候つづきで、たいして大きな台風はこなかった。ダイコンもキャベツもキクもすくすく育った。すると、みんなのおそれていたように、一一月から一二月にかけて、白菜やキャベツは、キロ五円とか六円とか、泣きたいような安値になり、汐留駅では数十個の貨車に積まれたまま引きとり手もなかった。出荷した農民は、運賃を負担しただけで、収入にはなりえなかった。温室のキクの花も、五円前後で、私の友人は、

「これじゃ、二級酒も飲めん。焼酎にもどりだ」

と居酒屋でやけ酒をあおっていた。

ところが、一二月一〇日に、最初の寒波がやってくる。まず、キクの花の相場はするすると上がった。寒さで露地の花がまいったからで、一五円→二五円、年末には三六円にまで達した。私の友人は、千円札の札束をつかみだして、

「きょうは金があるでおごるぜ。さあ、一級酒でかんぱいせまいか」

とホクホクしていた。

そのころキャベツは一五キロビニール袋八〇円前後、つまり生産原価すれすれの線まで立ち直っていたが、それでももうけまでは出なかった。

新年にはいると、異常寒波が襲来して、北日本は大雪に埋もれ、私たちの地方も零下四度という一

〇〇年来の最低気温を記録したうえ、異常乾燥（一〇〇日間ほとんど降雨なし）に見舞われた。台風以上の天災で、温室の中のキクの葉が赤く霜枯れるし、早出しトマトの苗もなえてしまう。畑のキャベツは、水がないので、肥料もまわらず、ちっとも育たない。いつまでたってもコブシよりも大きくならないキャベツをながめて、百姓たちは首をふっていた。

だが、農産物の相場は上向きだった。ダイコンもキロ三〇円をこえたし、キャベツも一二〇円→一五〇円→一八〇円とのぼっていく。売りどきだ。小さなキャベツでも二反も売れば、肥料代と農薬代のほかにちょっとしたこづかい銭ぐらいにはなった。キクの花の相場もくずれず、二五円前後を維持していた。

だが寒さは蜒々とつづいた。おそらく全国的に露地栽培の草花は完全に凍死してしまった。残ったのは温室内の花だけである。スイートピーやキンセンカでさえ、一本一〇円、一五円という値を呼んだが、キクの花は、生産者手取り最高額で六五円にまで達した。五〇坪で、キクの花は一万二〇〇〇ないし一万五〇〇〇本とれる。六五円でなく、四〇円としても、五〇万円の売り上げである。原価は一本一〇円以下だから、利益は莫大だ。温室四棟、または五棟を経営している農家も少なくない。こういう人々には寒波大明神ということになろう。

もっとも歴史的な寒さで、温室の中の作物さえ凍ってきだした。葉の焼けたキクは、商品にはならない。もともとこの地方は、ガラスで外気を遮断しておけば、冬のあいだ、植物はのびのびと成長するから、三千余棟のうち、わざわざ元手をかけて暖房設備をしているのは、五パーセントにも達しなかった。だから、異常な寒さがつづくと、あわててビニール・シートを買ってきて、室内に張りめぐらして、キクを寒さから守ろうとした。が、寒さはどうやらビニールをもとおして、作物をいためつけた。

資金のあるものは、いそいで八〇万円もする重油バーナーを設けて、室をあたためることにしたが、一般の農家では、いちばん安い煉炭ストーブで暖房を開始した。が、煉炭ストーブから出る二酸化炭素は、閉めきりの温室内では、植物を窒息させて有害な作用をするということになった。そこで、あわてて、石油ストーブに切りかえる。

一棟に二台のストーブをたけば、どうにか夜の寒さがしのげる。石油ストーブは二台で一万六〇〇〇円だが、キクの花が四〇円もするのだから、四〇〇本分で一万二〇〇〇本を救える勘定である。二〇〇〇棟の温室に二台ずつ入れるとしたら四〇〇〇台の石油ストーブが必要である。ところがそれはあいにく一月下旬で、それだけの数をととのえるのは、たいへんなことだった。この町の電気機具商には数台しかなかったから、電気商も百姓じしんも豊橋市へかけつけたが、豊橋市へいっても、もう売れ残りが倉庫の隅にほうりこんであるだけだった。そこで名古屋まで買いあさって、やっとまにあったという始末だった。それまでしても、この冬のキクも、それにつづく春ギクもうんともうかったがこれはひとえに異常な寒さのおかげだった。

キャベツも同様だった。雨が降って暖い日が二、三日つづけば、キャベツの玉はむくむくふとるはずだが、そういうぐあいにはゆかなかった。いつまでたっても小さな玉が並んでいた。

が、二月にはいると、二〇キロ二〇〇円をこえたとおもったら、一日に五〇円ずつはねあがりだす。するど、野菜ブローカーの三輪が畑道をかけまわって、キャベツの買いつけにやっきである。

「今が天井だぜ、一週間もして雨でも降ればガラがくる。切り出しの人手がなければこちらからまわす」と、札束をふりかざすのだが、百姓も容易にはその手にのらない。

「万一、安くなったら、牛の餌にでもさせるぶんだでのう」と、うそぶいているうちに、相場は六五〇円という渥美かんらん史初めての高値を記録した。どんな台風もこれだけの高値を呼びおこしたことはない。まったく寒波のおかげだ。ふつうの年なら、検査ではねだされるような玉でも、どんどんビニール袋につめられて、毎日夕方にはキャベツを満載した専用のトラックが何台も朝の東京へつっぱしっていった。

もっとも三月中旬にやや暖かくなり、一〇〇日ぶりの雨が降ると、相場は下向き始めた。農家の計算は、

「現在、一五キロ四五〇円の相場だが、一雨くれば三〇〇円台に下がることまちがいない」。しかしその一回の雨で、キャベツの玉は、三、四割ふくれるだろう。そうすれば目方がのすから、今、四五〇円で出すより、とくにはならなくとも、損はしないだろう」

ということで、天候が確実な雨を予見させても、売り惜しむものが多かった。が、雨がふると、一日ごとに五〇円ずつ、さがる。あわててブローカーに売ろうとするが、こんどは向こうが相手にしない。ぐずぐずしているうちに三〇〇円→二〇〇円→一〇〇円、ついに八〇円まで落ちつくしてしまった。八〇円では労力だけ損になるというので、けっきょく、売り惜しんだキャベツは畑でとうが立って、花が咲いてしまった。そういう畑のそばをとおる人は、「ずいぶん高いキャベツの花だのん。今年のキクの花の値くらいにあたるだずら」とひやかしたものだった。

そういう悲喜劇も一部には見られたけれど、キクの花もキャベツも、未曾有の高値だった。にもかかわらず、農民たちは、異常寒波と異常乾燥との被害を計算して、中央の関係官庁へ報告、救済を陳情したと新聞が報じていた。被害額は渥美半島全体で二億五七〇九万円にのぼると計算されていた。もちろんその数字は気候に異変がなくそのまま順調に成育したら、それだけ余計にもうけがあったはずだという手前勝手な計算ではあったが、そこには、もっと大きな別のねらいがあるのだった。

そのねらいは、春から夏にかけて三五日降りつづいた記録破りの長雨の場合にもはっきりあらわれた。たしかにとんでもない雨によって、麦は畑で立ったまま芽をふいたりくさったりした。生き残ったムギ粒も食糧にはならないので、天気が回復するや、いたるところで、麦を焼く煙がたなびいていた。そのままにしておくと、麦が畑で発芽して、雑草と同じ害をはたらくからである。

たまたま、そのころ訪ねてきた若い新聞記者に、わたしは、

「あれは麦を焼きすてている煙だ。半年の労力がむだになったのは、精神的には打撃だろうが、経済的にはたいしたことはあるまい。雨のおかげで、麦畑の中に無事に育ったクロサンド（インゲンマメ）の売り上げのほうが、とれるはずだった麦の値よりもよかったんだから。温室業者もかえって、こういう異常な天候を喜んでいるだろう」

としゃべったら、その一部が新聞にのった。すると、その三日後、前町会議員某が、酔っぱらって、わたしの家にどなりこんできた。

「ああいうことをいうとは、けしからんぞ」

「どこがわるいんだい」とききかえすと、

「わるいぞ、あんなことが新聞にのったんじゃ、百姓は金が借りられんぞ」

つまり、わたしの発言がまちがいだというのではなく、事実はそのとおりだが、そういうことが新聞にのると、政府から低利の融資がなくなるおそれがある、というのである。

異常寒波！　異常長雨！　台風とおなじく、低利融資（と税の減免）を引きだす最妙の口実なのである。災害を宣伝するいちばん大きなねらいはここにあるといっていい。

それというのも、百姓が麦とイモを交互につくっておれば、のんきにすごせるという牧歌時代が終わって、元手をかけなければもうからず、食っていけなくなってきたからである。ところが百姓は、田地と家屋敷のほかはたいして現金をもっておらず、そうかといって現金収入の保証もない。だからまず低利の融資を受けて、何か、たとえば温室とかタクアン製造とか、金になる仕事にとりかからねばならないからである。

じっさい、今ではどこの村にも簡易水道が引かれ、電気洗濯機やプロパンガスが普及する一方、自動耕耘機が動きまわり、ヘリコプターによる農薬散布も珍しくなくなったが、それはみんな金のかかる仕事である。その金をかせぎ出さねばならないのだが、米以外に価格の安定している農産物は一つもない。だから、この一〇年近く、百姓は働けるかぎり働き、もうかりそうなら、何でもこころみてきたものだ。それによって近代化の必要が痛感せられればせられるほど、安い借金の必要を生じたわけである。それには災害以上に適当な口実はないのである。

ついでにいえば、家庭や農機具の近代化によって、百姓に文化を享楽する余裕ができたかといえば、そうでもないらしい。むしろ反対に、耕耘機導入いらい耕耘機だけのせいではないが、ますます忙しくなるばかりだとこぼすもののほうが多い。

第一、一〇年前まで冬は農閑期だったが、今は温室とキャベツのおかげで、農繁期に変わってしまった。冬以外に田畑の休みはないのだから、今では農閑期というものがなくなった。

また、この間まで雨の日はのんびり家で将棋でもさしていられたが、耕耘機がはいってからは、よほどのどしゃぶりでないかぎり、雨降りにも畑で仕事をする。雨があがれば、作物に病の出ぬよう、すぐ消毒で大わらわである。

ひところ、農民も一月に一日農休みを、というかけ声で、休日をこしらえたが、今では、そんなものを守るものはいない。他人より一日も早く少しでもたくさん収穫をあげなくちゃならんからである。一日休んでいるあいだに、植物は休まず成長するし、病菌や虫も活躍するのだから、ほうっておけまいと、畑へ出ていく。

さらに、盆と正月と秋祭りには、だれも野良に出なかったものだが、今では一月一日にも、耕耘機が畑路をダイコンやキャベツを積んで走りまわっている。お盆三日とも、家にいたら、なまけものみたいで、恥ずかしいから、仕方なく、畑へ出かけるし、お祭りの日にも、たいがいのキャベツ畑には肥料をかけている人影が見える。つまり、一年じゅう雨の日も凪の日も、盆正月からお祭りの日まで作業に追いまわされているのだ。

そのうえ耕耘機は牛とちがって休ませる必要がないから、飯を食った直後に、一休みもしないで作業にかからねばならぬ。そのために耕耘機をつかう農民の大部分が慢性胃下垂患者となってしまった。

それだけ休まず、病気になるまで働いても、もうかるかどうかは、そのときの相場次第であったし、何があたるかも、だれにもわからなかった。だから、もうかりそうなら、何でも植えてやろう、何でも飼ってやろうということになった。（その精神は今も生きている）

卵の値があがるとひなを買いこむが、鶏卵相場が下がれば豚に転換する。豚が値下がりすれば、豚は叩き値で売りとばして、ブロイラーをはじめる。酪農でなければだめだといえば、乳牛を飼うが、乳価切り下げともなれば、また豚もランドレース種に入れかえる。生産過剰で豚が五十文に暴落すれば、食肉牛の飼育にかわる。というぐあいで、変化は目まぐるしい。しかし鶏も豚も、研究と熱心とをもって飼育するので、どれもそのものとしては、成績がよかったけれど、相場が崩れてしまうので、採算割れになって、転換の余儀なきにたち至るのである。

たとえば、牛の肥育についても、じつに上質の肉が生産されたものだ。品評会で優等をとり、肉屋の店頭では松阪肉にばけてしまったほどである。そこで県の畜産課もたいへんよろこんで、この地方を牛肉の名産地に仕立てようという意気ごみで、現地に乗りこんできてみたら売れ残りの牛が五、六頭いるだけで、優秀な牛を育てた連中は、とうに軽量鉄骨づくりの豚舎で豚を飼っていた。

「しらべてみたら豚のほうが利益率がよいようでね。賞状などもらっても、腹がふくれるわけじゃねえし」

と、牛の肥育をすすめる県の係官に、百姓たちはじつにすげなく答えた。

田畑の方も同様で、保温折衷苗代で苗を育てて早植えすれば、台風シーズン前に刈り取りができると、二、三人が試作して、台風の被害をまぬがれただけでなく、収量も多かったのを知れば、翌年は町じゅうの田んぼの七割が早植えに変わり、四、五年後には全部が八月下旬に稲刈りを終えるという光景が見られる。ラッカセイがもうかるときけば、たちまちイモ畑がラッカセイ畑に変わり、一年、黄玉ネギの値がよければ、あくる年は、どこの田の裏作も玉ネギばかりで、生産過剰で、ただみたいになってしまう。

温室の中でも、観葉植物をやってみたり、パイナップルを植えてみたり、シシトウガラシが高値ときけば、われもわれもとシシトウガラシをやろうとする。オリンピックには外人が多数くるから、西洋野菜の売れることはまちがいないと気の早いのがレタス・セロリなどを栽培してみるが、技術が拙くて質のよい品ができず、採算がとれないと、一年で投げ出してしまう。

まったく右往左往で、何ものかに追われているようにさえみえる。もっともその間にただ一つだけ、百姓たちの悟った真理があった。それは、県や農協の勧奨する作物は必ず損をする、ということにほかならない。県や農協のすすめでやった仕事、ブロイラー・牛の飼育、ラッカセイ・アスパラガス・清浄野菜の栽培など、大赤字を出さないまでも、もうけのあったためしがない。

にもかかわらず、県や農協にすすめられると、今でも、ついその作物をつくってしまわずにはいられない傾向が農民の中には残っているようだ。

それはともあれ、こういう数々の失敗のあげく、ようやくたどりついたのが、ダイコン＝タクアン・キャベツ・電照菊・トマト（前述のトマト会社との契約のものも、温室の早出しのものも）で、この四種類だけは、五、六年平均すれば、かなりの利潤があがるという統計的事実である。

だが、そういう作物も、栽培に専心しておれば、ひとりでにもうかるという時代ではない。

いまでは、毎日、朝晩東京や名古屋の青物市況、生花相場の放送に耳をそばだて、そしてその相場の変動に一喜一憂しなければならないのだ。温室作物の九割を占める電照菊のごときは、東京だけでも二百ヵ所の市場があって、市場ごとに相場がちがっている。生産者がそのうちで最高の相場の出ている市場に向け出荷しようと腐心するのはあたりまえだ。

だが、一つ一つの市場の花相場は、ラジオ放送もしなければ、新聞にものらない。生花栽培者は花の季節になると、一包（一〇〇本の花）か二包ずつ小分けにして、各市場に試送すると、仕切り伝票が送り返されるから、それによって、いちばんもうけのありそうな市場へ、こんどは大量出荷する。

だから、いつの年だったか、年末に全逓労組が遵法闘争に突入したとき、温室業者は本当に泣きだしてしまった。というのは、年末は花の値のもっともいいときなのに、出荷先からの仕切りがみんな郵便局に停滞して、一週間も一〇日も届かない。それでは、羅針盤を失なった船同然で、相場の見当がつかず、どこの市場へ荷を送ってよいやら見当もつかなくなったからである。

そういう苦い経験にこりたのか、最近では、温室をもつ農家には電話の加入を申し込み（いなかでは電話回線が少ないのでまだ申し込みだけではあるが）、軽トラックを買いこんだものが多い。

電話なら、いつでも東京の市場に直接相場を問いあわせ、値がよかったら、自家用車でみずから東京まで運搬できるからである。運輸会社まかせでは、しかるべき時間にしかるべき市場に出荷しそこなうことがしばしばあって、みすみすもうけを逃がしてしまうから、自分で確実に朝の市場にまにあうように荷を運んでゆく。東京まで三三〇キロあるのだが。

もちろん、そういう東京市場に出荷する品は、丹精こめたものでなくてはならぬ。さきにもふれたように、葉に病気が出たり霜に焼けたりしただけで、そのキクの花は商品にならなくなる。だから稚苗の植えこみから花の切り出しまで、一棟六〇〇〇本のキクの苗（一本の苗から二本ないし三本の枝を分けて咲かせるから、花は一万二〇〇〇本ないし一万八〇〇〇本になる）にどのくらい綿密な手数と苦労をかけているか、ここではのべる必要もあるまい。

ところが、こうして咲かせた花がよく整ってきれいなら値がよいかというと、必ずしもそうでないから不安をまぬがれないのだ。ある人が苦心して、葉も花も色も形も申し分ない品を送りだして、二五円の値がついた。ところが、隣の家では二、三日おくれて、花の形も色もさえず、葉も茶色になりかけた品を出荷して、三五円になったという例が、珍しくない。

ということは、生産にどんな力を注いでも生産者のあずかり知らぬ何かの勢いで価格をきめられてしまう。それもかなり大幅な差異をもって、そうなる。つまり、株か宝くじみたいなもので、あたればいいが、はずれたらどんな苦心も労力もむだになることさえあるという意味にほかならない。

電照菊の場合、確実に値上がりを期待できる好材料が一つだけあるのだ。それは政界・財界の名士の死にほかならない。冬のあいだに、そういう名士の葬式が行なわれれば、花輪その他のために莫大な花がいる。ところが、冬は花に乏しく、花屋の花の中では電照菊が圧倒的大部分を占めている。だからキクの花が大量に必要になり、したがって相場がはねあがることになる。

ただし電照菊は、計画生産で、温室にともす電灯を消す時期に応じて開花の時期がちがってくる。そのとき、あわてて咲かせようとしてもだめだ。ほぼ三ヵ月前に、花の咲く時日が決定されているのだから、たまたまそのときに出荷した人だけがもうかる。しかも、急場にまにあわせることができず、数も限られているだけに、それだけ値上がりの幅も大きく、その人はたんまりもうけるというわけである。

「大臣級の政治家とか大会社の会長とかが病気だときくと、何とか一月から三月までのあいだに死んでくれぬか、と神仏に祈らずにゃおれんよ。どうせ死ぬなら、おれたちを喜ばせてくれるほうが、あの世でええじゃないか。いちばんけしからんのは、故鳩山一郎氏で、死にぎわに、自分の葬式には生花をことわれと遺言したし、遺族のものがまたそれをばか正直に実行したんだ。そのために、せっかくおれたちがあてにしていたのにキクの値段はぜんぜんあがらなんだよ。まったくなっちゃいなかった。ところで今年は台風がとうとう来ないでしまった。これで暖冬とでもなったら、キャベツもキクもだら下がりで、百姓は目もあてられん。だから台風のかわりに、せめて悪質の流行性感冒でも流行して、大臣・社長クラスの名士がコロコロ死んでくれれば温室だけでもたすかるのだが……」

残酷だが、これが結論だろう。

巨大な哄笑の衝撃——『ガルガンチュワとパンタグリュエル』

とうとうラブレーの『ガルガンチュワとパンタグリュエル』の翻訳が完成した。これは文化史的な事件ではあるまいか。

わたしたちは少年時代にモンテーニュやパスカルがこの国のことばに移植され、フランス文学が大量に邦訳され、さらにフランス文学の研究もさかんになるのを、文学青年として立会った。わたしは必ずしもフランス現代文学の愛好者ではなかった。読むだけは、どんな三文小説でも、訳本の手の入るかぎり目を通したけれど、わたしの内部まで侵すものは多くなかった。とくにわたしを圧倒したのはロシアと北欧の文学だったが、しかしよかれあしかれ、わたしたちの青春が翻訳されたフランス文学の大きな影響下にあったことはたしかである。

そしてフランス文学の中で、またその紹介や研究の中でしょっちゅうぶつかるのは、ラブレーとガルガンチュワという固有名詞だった。それはすごく巨大なエネルギーをひそめているらしく、その名前のまわりには聖者の頭をとりかこむ光輪のようなふしぎな魅力が感じられたのだが、フランス語をやらないわたしたちはその実物に見参することができなかった。じつにもどかしいことだった。

だからその当時、新進だがしかし該博な語学力をもって有名だった東大助教授渡辺一夫先生が、ラブレーを全訳するらしいというわさがかなり早くキャッチされたものだ。が、うわさだけで実物は、容易にあらわれなかった。

ガルガンチュワ物語の一部である「テレムの僧院」だけが大型の限定版として上梓されたのはいつのことだったろう。少なくともラブレー全訳のうわさが耳に入ってから三、四年はたっていた。しかも「テレムの僧院」は美しく、ジャン・ジャック・ルソーの『エミール』の先蹤みたいなよさはあったけれど、ラブレーそのものとは信じられなかったのもほんとうだ。こんなもどかしさが今の文学青年にわかってもらえるだろうか。

そしてほんものの『第一之書ガルガンチュワ物語』があらわれたのはじつに昭和十八年の一月末だった。戦争が険悪化にむかい、紙も思想も一段ときつく統制されてきたさいちゅう、その物資欠乏のさなかでは豪華といってもいい『ガルガンチュワ物語』があらわれたのである。どうして、あの窮迫した日本で、この翻訳の出版がゆるされたのか、まったく今考えてもわからない。あの厳重な言論統制の網のどこかで大穴があいていたか、それともガルガンチュワの巨大な哄笑に検閲官が吹きとばされて、茫然自失、発禁処分にするという職分を忘れてしまったか、どちらかであろう。

まさに『ガルガンチュワ物語』はそのようにとてつもない、腹をよじらせ、何もかも吹きとばすほどのエネルギーのうずまく哄笑の本だった。悲憤慷慨やら志士の慟哭やらで窒息しかかっていたわたしたちの肺臓を一挙にふくらませ、のびのびとした呼吸を可能にして、じぶんがまだ生きていることを実感させた本であった。一冊の本にそのように偉大な力があろうとは。一大ショックということばそのものだった。

ラブレーの笑いとは、そのようなものであったし、今もある。わたしたちの予感は稀有な例だが、たがわなかった。ガルガンチュワがどんな巨大な人物か、たんなる伝説ではなかったことを戦時下の緊迫した空気の中でたしかめえたのである。

ガルガンチュワでは何もかも、めちゃくちゃで、でたらめで、ケタはずれで、いたるところ辻つまがあわず、あのちんまりまとまって額ぶちの中におさまっているジード等のフランス文学の概念にはとてもはまらないのであった。わたしの知っているかぎりではバルザックだけが、ラブレー＝ガルガンチュワの血を引いているようだった。

わたしたちは、腹の底からゲタゲタわらい、わらいころげ、生きかえった。――これが『ガルガンチュワ物語』にたいして、二十余年後も忘れぬ感謝のことばである。

ところで主人公が息子のやはり巨大のパンタグリュエルにかわった第二之書は、戦後の混乱のさなか、昭和二十二年に出版され、最終巻第五之書がついにこの四月に出た。つまり二十余年ぶりで、かつて伝説でしかなかったラブレーの全貌がわたしたちのまえに示されたのである。もっとも凝り性の訳者は、ラブレーの全訳と並行的に、「ガルガンチュワ大年代記」や「パニュルジ航海記」など、ラブレーのネタを紹介したり、ラブレーの「イタリアだより」を訳出している。というより、『ガルガンチュワとパンタグリュエル』という巨大な難解な大作を、周囲からじわじわと包みとろうとしていた。その意図は第四之書の航海記や第五之書が出てみると、はっきりわかる。

それはともあれ、ラブレーの五巻は、奔放とか、何とかいう程度のものではない。全巻これことごく糞だの尻だの小便だのゲロだの陽物だのというめちゃくちゃに下品なことばが遍在している。そして話の筋らしいものもなく、出たとこ勝負で、出まかせの突拍子もないおしゃべりの洪水をおこすのだから、近代小説をよむ心がけでは、あっけにとられて、一章も進むことができないにちがいない。もっとも、その中でも第一之書がもっともエネルギー充満、この物語のあほらしさを遺憾なく発揮しているが、他の巻々でも、筋立てとか、論理とか、アレゴリーやメタフォルのかげに隠されているものを探索する苦労とかを一切やめて、もっぱら、その食ったり飲んだり性交したり、とくにしゃべりにしゃべる下品で限りない饒舌にそのままついてゆけば、同じようにラブレーの世界をたっぷりたのしむことができる。ただし後になるにつれて、教会から異端臭いとにらまれて韜晦しようとするにがい気分がどこかに漂ってくるし、ラブレーの死後十年にして刊行された第五之書は、気宇が小さくなって、他の四巻ほど、ばかばかしさがないように感じられ、後人の偽作説を首肯したくなるのではあるけれど。

それにしても、こんなにさまざまな食べものやら何やら、物品の名前、悪ふざけ、思いつき、出まかせに並べたてたものの名前、たぶん原文のフランス語でも解釈しかねるようなむつかしい名前の数数を、日本のことばに伝えようとした訳者の苦心の巨大さも、また、ラブレー的ではあるまいか。訳注もたっぷりついている。読者は、注などにかまわず、教会分裂当時のさまざまなこまかい隠喩なども無視して読めばいい。

しかもこの五巻には、いわゆる美男美女はぜんぜん一度も姿を見せない。むろん、川端康成や舟橋聖一の小説のようなもやもや、ねちゃねちゃ、ふんわりほんのりと、こみいりややこしい恋愛や性のかけひきや雰囲気など、薬にしたくとも、一行も見出されない。それとまったくちがって、白昼、大陽物をかついでワッショワッショわめきまわる、それがラブレーなのである。

ラブレーの第一之書は、戦時中にわたしたちに大きな活力をよみがえらせた。今日の淀みたるんだ小市民的ムードの中でも、またちがったエネルギーをまきちらして、なかば眠ったわたしたちの生活に衝撃をあたえ、活力をふきこむ力をもっているのではなかろうか。そういう根源的な何かが、ラブレーの五巻には、いつも蔵されている。訳書にもそれが伝わっているのである。

ダンテの言葉と翻訳

『神曲』は口語で訳すべきものであるという主張は、羽仁五郎が早くから強く出していたが、イタリア語をかじって、さっそくイタリア文学史と『神曲』をのぞいてみると、まったくそのとおりであった。『神曲』が、世界文学の中できわめて高く聳立している理由は、中世の学術語であったラテン文ではなく、俗語、今日の口語の美しさをあますところなく引きだして精錬し、高めていることにあった。内容的にはかなり強く中世的教養の痕を濃く印しながらも、こんなに俗語が力強くしかも美しくひびこうとは、だれも思いがけないことだった。そのように俗語がいかに高い文学を創るに耐えるか、いや俗語でのみ、「地獄篇」のようになまなましく人々の肌に迫る文学が創りだしうるということが、『神曲』によって証明されたから、近代文学への大道がひらけたのである。近代文学の傑作、いや佳作もすべてそれぞれの国の俗語で書かれていて、けっしてラテン語で書かれなかった。そのことは、日本文学史で、漢文が公式の学問であり漢詩漢文が高い文学であるとされて、きわめて高い教養やすぐれた才能をもった日本人がもっぱら漢詩漢文をつくるのに全精力を傾注したが、今日になってみれば、二、三の好事家以外に相手にもされなくなり、むしろ卑しいとされた当時の口語で書かれた物語が今も人の心をひくといった関係に似ていよう。

そういう意味で、『神曲』は口語訳でなくてはならないのだが、戦前には中山昌樹のかなりたどたどしくたよりない訳本しかなく、他はすべて荘重で威厳のある文語文の七五調であった。戦後、『神曲』の口語訳がふえてきたのは、きわめていいことであるとよろこびたい。

この点に関連するダンテの逸話を小説家サケッティが二つ書きとめている。サケッティが書きとめたのは、ダンテ死後七十年ほどのことだから、フィレンツェ市の伝説巷談のたぐいであって、事実ではないだろう。にもかかわらず、その伝説にはダンテらしい峻烈な性格が浮き出ており、しかも『神曲』とりわけ「地獄篇」がいかに庶民にしたしいものであったかを、これ以上、あきらかにしている逸話はない。

第一の逸話は、ダンテが、フィレンツェ市のサン・ピエトロ門を通りすぎると、一人の鍛冶屋が鉄床の上で鉄を打ちながら、何かの流行歌でも歌うようにダンテの詩を歌っていた。鍛冶屋は、ダンテの詩句をかってにちぎったりくっつけたり、めちゃくちゃにしていたので、ダンテは重大なる損害をこうむったような気がしたらしい。かれは何もいわず、つかつかと鍛冶屋の仕事場に近づいた。仕事場には商売道具の金具類が山のようにおいてあった。ダンテは金槌をつかんで往来へ投げだす。釘抜きをつかんで往来へ投げだす。はかりをつかんで往来に投げだす。片っぱしから投げだしてしまった。鍛冶屋の親方がかんかんに怒ったのはいうまでもない。

「畜生、何をしやがるだ、気ちがいか」

ダンテも負けずに「貴様こそ何をしてるんだ」

「おら、自分の商売をしとらあ、てめえ、よくもおれの商売道具をこわしおったな」

「じぶんの品物をこわされるのがいやなら、おれのものもこわさんでくれ」

「何だと、このやろう。おれが、いつ、てめえのものこわしたてえんだ」

ダンテは「貴様はおれの詩を歌ったが、おれの作ったとおりに歌わなんだぞ。おれの商売道具は詩だからな、あれじゃ、貴様、おれのものをめちゃくちゃにこわしたことになるじゃないか」といったので鍛冶屋には一言もなかった。

もう一つの話の相手は驢馬追いである。その驢馬追いは、驢馬を追いながら、ダンテの詩篇を歌っていた。そして一くだり歌いおわると、驢馬をなぐって「ハイシッ、ハイシッ」というのであった。ダンテは、この男にぶつかっていったとみるや、腕を思いきりふりあげて、相手の肩に思いきりくらわせた、「こらっ、おれの詩にはそんなハイシッなんて、入っていないぞ」と。

どちらも、話がおもしろくできすぎているから、必ずしも実話とは信じられぬけれど、ただ十四世紀のフィレンツェで、いかに『神曲』が下層の人々にまで歌われていたかを察するよすがにはなろう。驢馬追いや鍛冶屋が流行歌がわりに鼻歌まじりに歌っていたとしたら、「逢いたくて逢いたくて」とか「骨まで愛して」とか「一目見たとき好きになったのよ」というなら歌いやすいが、

「されど、汝もしさばかり執して、我らの恋のそもそもの緒を知らむことを思はば、我は且つ泣き、且つ物語る人の如くにも物語らむ」とか、

「さあれ、もし、かくしも君を動かせる
わが恋のもとの根を知らむとならば、

泣きて言ふ者の如くにわれなさなむ」

とかいうことになると、ちょっと困難ではなかろうか。

ダンテを完全に現在の歌謡曲調で訳すわけにはゆかない。かれが十三世紀後葉から十四世紀はじめにかけての文壇でアヴァンギャルドであったことはたしかだが、しかし今の流行歌のように「愛しちゃったのよ」という式のふやふやした詩人ではなく、もっと骨ばっていた。いわば荘重で威厳をもっていた。その意味では、戦前の邦訳が文語体を用いたのも、ダンテの一面を強調したもので、ぜんぜん見当ちがいというわけでもなかったのである。

すでにダンテの生きていたころから、ダンテの気むずかしさや学者らしさは有名だったらしい。めずらしい古本を手に入れたよろこびのあまり、ヴェロナ市の下宿の門前にもたれて数時間読みふけっていた。ちょうどその日はヴェロナの祭日で、仮装行列がねりあるき、楽隊伴奏で美しい少女たちがおどりながら通りすぎたのに、ダンテはぜんぜん気がつかないで、晩禱の鐘が鳴ってからやっとわれに帰った。「お祭りはにぎやかでしたでしょう」と知人にいわれると、「何かあったんですか」とおどろいて答えたというような逸話も語られていた。これも伝説であろうが、ダンテがどのように見られていたかの一端は知られるだろう。

ダンテの風貌は、ジオット描くところのダンテの肖像と伝えられる画にもあらわれているように、意地わるいくらい峻厳苛烈の性格にふさわしいものだったようだ。

ボッカッチョによって記述されたダンテの風貌は、ジオット作のダンテ像にぴったり一致している。――やや猫背で、荘重な歩きかた、長い顔に、鷲鼻で、鋭い大きな目、やや受け口で大きな顎、浅黒い顔色、ちぢれて黒い髪——全体として憂鬱そうでものおもわしげな顔。それは「地獄篇」を描いた詩人にふさわしいものであった。

だからダンテがとおりかかるのを見かけると、道ばたで油を売っていた女たちは、

「ほらごらんよ、あの人は地獄へいって、いやになったので帰ってきたんだってさ。あの世にいる連中から話をきいてきたんだってね」

「ほんとうだわ。ごらん、あの人の髪はちぢれてるし、顔色は焼けている。あれは地獄の火と煙のせいだわね」

などとだべりあったものである。ありとあらゆる地獄をじっさいに体験した男、そういう男が甘っちょろけた歌など書けるわけがない。ダンテの翻訳は平易な口語訳であるべきだが、同時にこういう気むずかしく、広く深い学識と、暗く深い体験とで荘厳というべき重さをもたねばなるまい。もちろん、これは不可能な要求である。もともと詩を他国のことばに移植するということそのことが不可能なのであるが、ダンテの『神曲』は、その中でも、最高にむつかしい仕事であろう。がしかし、そういう困難な仕事にあえてとりかかるものは、地獄の門に刻まれている銘のように、

「ここでは疑心はすべて捨てるがよく
怯懦もすべて絶つがよいのだ」。

ノン・フィクションと現代

このごろ必要があって『慊堂《こうどう》日暦』を通読した。松崎慊堂といっても、今の人々にはなじみが薄かろうが、文政・天保時代、大学頭林述斎門下の逸足として佐藤一斎と並び称せられていた学者であって、ただ、晩年、門人渡辺崋山が蛮社の獄の奇禍に遭ったとき、時の首相水野越前守に嘆願書を提して、崋山の一命を救ったことで、その方面の研究者にはかなり知られている。ところがその老儒学者は、文政六年（一八二三）から七十四歳で没する弘化元年（一八四四）まで二十年間、丹念に日記を認めていた。文政六年以前数年の分は紛失してしまったそうだが、ともかくその二十余年の日記は菊版二段組で千三百五十ページにも達する膨大なものだ。しかもそれは日本式漢文で書かれており、プライベートな性質のものだから、頻繁に出てくる人名など、だれのことで、本人とどのような関係にあるのか、はっきりしない部分が少なくない。しかも記事は、「午下羽明府見過」「早起赴藤軒探問佐倉消息」というふうに簡をきわめている。「午後羽倉外記が立ちよった」「早く起きて小田切要助の宅に赴き、佐倉侯堀田氏の消息をいろいろただしきいた」という意味なのであろう。そんな記事が千三百ページの大半を占めている。説明も詠嘆もほとんどぬきで、そっけないのは漢文のせいであり、日記というもののもつ本来の性格でもあろう。

にもかかわらず、全巻を閲しおわったとき、わたしの中で、今まで崋山伝の中からえて組み立てられていた松崎慊堂のイメージ、いや慊堂だけでなく江戸時代儒者の固定していたイメージが崩れてゆくのを感じないわけにはゆかなかった。わたし、いや、おそらくわたしたちの中には、儒学者にたいして固定した観念がつくられている。それは江戸時代の儒学がこしらえたもので、明治に及んで一そう固定してしまったもののようである。わたしにとって慊堂もそういう儒者の一人でしかなかった。たとえ同じく崋山の師である佐藤一斎が獄中にある崋山を見すてたのにたいして、慊堂は老いたる病躯をはげまして救援に奔走する点で正義派としてあらわれるものの、それも儒教道徳における師弟関係の型の美しさから出ていないように思われた。

そして、じっさい日暦の中でも、水野越前守や堀田侯等の君侯や、師である林家の人々のことも記事にするとき、慊堂も五常五倫の金しばりになっていることが文字の間からはっきりあらわれてくる。がしかし全体としてこの無愛想な漢文日記からつくりだされる慊堂の映像は、今まで小説や伝記や歴史に書かれたどんな儒者像とも似ぬリアルな感触をもったものだった。晩年は体をいためて病気がちだったようだが、少なくとも六十五歳ごろまでの慊堂は大酒飲みだった。日記には毎日のように、「大酔」「満酌一酔、四鼓始メテ醒ム」「留飲大酔、其ノ致ス所ヲ知ラズ」というような文字があらわれる。客がくれば飲み、人を訪ねれば飲む。酔って前後不覚などという記事が十日に一回くらい載っている。むろん二日酔もめずらしくなく、昨日の朝から飲みつづけた酒で頭があがらず、堀田侯や細川俣への定例の講義にゆくのをさぼったことも二、三度ではない。——松崎慊堂は佐藤一斎や安積艮斎のような俗物ではなくて、当時から清廉篤実の老儒として仰がれていたが、そういう慊堂像のなかには、こうした泥酔した老人のイメージは混りにくいのではないか。しかし日暦から出てきたのは、そのようにわたしたちとつきあうことのできる一人の人間なのである。あるいは、七十すぎた老慊堂が、ある日旧友の一斎宅を訪れて、「床ヲ連ネテ語ル、丑刻枕ニ就ク、主人鼾ス、余茶爽シテ寝ネズ」つまり午前三時まで床を並べてしゃべった、一斎はいびきをかいて眠ってしまったが、慊堂の方は茶にばかされて眠れなかったというのである。しかも翌朝、昌平黌の塾頭をつとめる一斎は早く起きて出勤してしまい、慊堂は一人朝飯を終わって帰るというのだから、江戸時代の鹿爪らしい碩学たちのことのようには思われない。それがほんとうであって、今までの儒者の映像は型で窒息させられたものだった。慊堂の日記だけでなく、中世の公卿の日記なども当時の物語文学のもたない生活のデテールと息吹きとをところどころからもらしているから、さいきん見直されてきたようだ。

ところがこの『慊堂日暦』には記事のほかに自作の漢詩や文章が載っている。それは当時の文学であって、作者の感懐もこめられているはずなのに、どれもよそ行きのかっこうよさ、古い儒者の型どおりの感情からあまり遠くはなれていない。つまり、出来ばえはそれぞれ多少ちがっていても、さっぱりおもしろくなく、わたしたちの心にふれてこないのである。

そんな古い話だけではない。今も青年少女の人気を集めているらしく今年の桜桃忌など何種かの週刊雑誌のグラフページを飾るほどの雑踏をきわめたという太宰治についても同様なことがわたしにおこった。というのは、さいきん『斜陽』等々を二十年ぶりで読み返してみたら、発表当時の印象とまったくちがって、安っぽく薄手にできているのにあきれてしまった。文学青年くさい会話を読むたびに、わたしの方がきまりわるくなって背中がもぞもぞとむずがゆくてたまらなかった。なるほど、これならニキビざかりの青年少女が太宰の命日に蝟集し、文芸評論家の二、三人の飯の種になるはずだ、がしかし文学的リアリティのない風俗小説にすぎないのではないか。わたしは『斜陽』等々よりも晩年の太宰のことを書いた友人たちの思い出の断片の方に、はるかにリアリティを感じた。もちろん、太宰にたいした関心をもたぬわたしの読んだのは数篇にすぎないけれど、そこには『斜陽』のように甘ったれていい子になっている「芸術的」ムードはなかった。小説よりも小説を書いている作者のささいな言動の方に、人間の本性に切りこんだ鋭い切口がなまなましくひらめいているといったらいいすぎだろうか。あるいは『斜陽』よりも『斜陽』の娘太田治子の「手記」の方がわたしには、何か訴えてくるものが強かった。その「手記」は『斜陽』という作品を前提としていることは否みえないし、まだ生活つづりかたから脱していないけれど、それでも『斜陽』のようなきれいごとで終わっていない何ものかがあった。もっともさいきんは文学芸術はきれいごとでなくてはならぬという日本の伝統も復活しようとしているけれど、それはわたしの知ったことではない。

もう一つ例をあげよう。ヘミングウェイの『武器よさらば』は世界的なベストセラーだし、日本でも相当ひろく愛読されている。がしかし、この小説はきれいごとに終始して映画向きだが、わたしには文学的感動をあたえてくれなかったし、今もあたえてくれない。もっともそれは翻訳のせいもあるだろうが、ヘミングウェイとは聞きしとちがって案外甘い大衆作家もしくは青年少女向き文学の書き手だなと思わざるをえなかった。

ところがホッチナーの『パパ・ヘミングウェイ』を読んだら、ヘミングウェイはそんな甘っちょろい人間ではなかった。『武器よさらば』等々の作品の素材的体験についても、口で語っているが、そのかんたんな制作モティーフや素材についての談話の方が完成した長篇小説よりもずっと印象に強くのこった。いや、エッカーマンのゲーテにおけるようなこの忠実精密なヘミングウェイ言行録には、この文学者の発散するなまぐさい肉体的エネルギー、大ぼら、冒険、賭にたいする熱狂、わたしたちの生活から想像もつかぬ大規模で豪勢なくらしぶり、そういうすべての栄光や豪華の裏にある病的な猜疑や小心さや迷信など、小説には見られぬほどの精密さとなまなましさで書きこまれている。

そして、いま、わたしは『ケレンスキー回顧録』を読みはじめようとしている。ロシア大革命についてわたしたちは、いままでは、勝利者のボルシェヴィキ党の公式の教科書風歴史以外にあまり知っていない。しかしジョン・リードのルポルタージュから判断しても、革命の現実はもっと沸騰し泡ぶき大きな波の中に無数の小さな波が走っているように、複雑かつ緊張にみちたものであったようだ。打倒される側のボスの地位にあったケレンスキーの体験はおそらく特異なもので、少なくとも大革命の陰翳をなす部分について多くを語っているにちがいないという期待で、わたしはこの本のページをひらくのである。革命を裏側からみるというのではない。革命といえども、のっぺらした平面的なものであるはずがなく、立体的でなくてはなるまい。そのように生きいきした革命を再体験するためにケレンスキーの陳述をもききたいという欲求がわたしの中にある。その欲求はオストロフスキーの小説などだけではみたされえないものなのだ。

文化の発達とともに文学芸術も専門化することによって、独自の発展法則をもって発達するのは当然だ。が複雑化しさまざまな文化的産物によって氾濫する社会を全面的にとらえる力は、文学にはなくなる。また、それは文学の役割でもないのである。うっかりそんなものにかかずらっていたら、風俗小説かたあいないＳＦしか書けないだろう。にもかかわらず、世の中は文学青年ばかりいるわけではなく、その文学青年そのものにも大部分は啄木熱や太宰熱からさめるときがくる。そのときはもっとひろく社会や人生に貪婪な興味と関心をもつようになるかもしれない。それを満足させるのは、文学者の解釈を経た芸術的洗練や実験ではなくて、フィクションのない、もしくはごくすくない素材的なものの提出であろう。それは、大部分、文学とはいえないだろうが、取材の分野で文学よりもひろいだけでなく、解釈はかなりの程度まで読者の自由にまかされる。つまり文学的可能性が読むものの力に応じてつかみ出せる。ただしノン・フィクションすべてがそうだというわけではない。やはりそこに原初的な体験、小さくともゆるぎない事実を含んでいるということが必須の条件なのである。

短歌とわたし

わたしは中学生のころに、啄木や子規や節のまねをして短歌をつくりだした。昭和初年には、エレキギターもホークダンスもモンキーダンスもなかったから、思春期のセンチメンタリズムは短歌の中にでも流しこむ以外には放出のしようがなかったのであろう。とくに、少年のわたしは体が虚弱で、運動神経がぜんぜん鈍くどんなスポーツもだめ、文字どおり文弱の徒だったのである。

短歌をつくってみて、まずつくづく感じたことは、啄木の、とくに感傷的な、「一握の砂」のはじめの部分のような作品を模倣しても、さっぱり似たような歌にならないというなげきであった。啄木は少年のわたしをひきつけ同化さすような平談俗語を用いて歌っているのに、それを模倣するわたしの歌のできあがりは、啄木のみずみずしさに似ても似つかぬ貧弱なしろものだった。むろん、わたしは啄木が、そういう簡単そうな短歌をつくるまえに、明星派のデコレーションにみちた歌を思うぞんぶん作ったことをしらなかった。複雑と技巧の極（？）を経過しての単純さと、もともとどれだけのテクニックも知らぬ単純さとでは、単純さにおいては似て見えるものの、本質的にちがっている。そういうことはわからないから、できあがった三十一文字を啄木のそれとくらべて、絶望的にまずしいことだけを感じるのだった。中学生のわたしの語彙などたかが知れている。が、じぶんにはそのことがわからないのであった。

啄木とくらべると、子規、というより、擬古派の方がまねするのにやさしかった。万葉ことばをいくつも知っていたわけではないけれど、「風吹きわたる」とか「なりにけるかも」というような調子を二、三おぼえれば、割合にかっこうのついた歌ができあがるのであった。後にしておもえば、子規の亜流、根岸短歌会が、子規の歿後、陳々相寄ってさっぱりおもしろくないのも、こういう擬古調にたよれば案外簡単にまとまりのいい一首がつくれるという安易さをえらんだせいかもしれない。文学は、いつも冒険であり、未知の世界をきりひらくこころみでなくてはなるまい。短歌といえども、この点では例外ではない。子規派であろうと、明星派であろうと、変らない。その点で、根岸短歌会の連中が浴びせる「年よりの冷水」という非難を無視して、若い弟子たちとけんかしながらも、いや、けんかしたゆえに、影響をうけていった伊藤左千夫はりっぱだったのであろう。

わたしが短歌をつくりはじめたころには、左千夫のような精神は見えなかった。

わたしが短歌をつくったのは、少年時代の模倣時代をべつとすれば、五年そこそこではなかったろうか。わたしは子規についで、島木赤彦の「歌道小見」「万葉集の鑑賞及び其批評」を読んで、その宗教的信念にとらわれたのであった。わたしの同時代の青年たちは、西田幾多郎や倉田百三等々の哲学にとらわれていた。哲学にはまったく不感症のわたしも、赤彦の人格主義みたいなものにすっかり魅せられてしまったらしい。そして短歌を一生の仕事とするつもりだった。

それで高校時代に、赤彦全集を耽読してアララギに入ることを決心した。わたしは入会する以前に赤彦をとおしてアララギを信仰していたのである。だから同級生が、高崎中学の同窓という関係で土屋文明を知っているというのをきいて、文明先生のところへ連れていってもらった。じつをいうと、そのころのわたしはアララギという雑誌を見ても、文明のそっけない歌よりも斎藤茂吉のつねに一種の感傷を保っている歌の方がすきだったのに、アララギなら、だれでもおなじだろうとおもって、文明先生の家へ連れていってもらい、それいらい歌はつくらなくなっても、校正の手伝いをしたり旅行のお供をしたり、私的な問題まで面倒を見てもらうことになった。

ただ高校時代に印象に強くのこっているのは、寮の同じ室にいた岩崎武雄（今、東大哲学教授、そのころから哲学青年だった。ただしかれの哲学についてはわたしは何もしらない）が、わたしのアララギをのぞき見て、「斎藤茂吉って、どこがいいんだい、ちっともおもしろくねえな。しかし、土屋文明の方はおもしろいな。」といったことである。というのは、そのころ（昭和六、七年ごろ）茂吉は、一般には歌に興味をもった精神病院の院長さんとしていくらか知られていたし、すでに文壇の一部には熱烈な支持者もいたけれど、文明にいたっては、アララギ以外でほとんど取り上げるものもなかった。かつて芥川龍之介が「ふゆくさ」に好意的な批評をしたことがあったが、それは同級生のよしみであったろう。身ぶりと色気を排した文明の歌は、歌壇でさえ、散文調だとか、詩がないから歌ではないとか、悪評でなければ、敬遠されていた。戦後でさえ、文明が歌人として知られているのは、アララギ派の統率者だからであって、作品の価値にもとづくものではない、というようなことが公然といわれていたほどである。むろん一般の人々にいたっては、文明の歌を示されると、「これでも歌ですか」と反問するのがつねであった。歌人以外で文明の歌をほめてくれたのは、岩崎武雄がはじめてだったので、印象に深くのこった。

しかし、短歌をつくるのには、何となく肩身のせまい思いがともなった。というのは、まだマルクス主義の余燼が学生のあいだに強くくすぶっていたからであった。学生運動に加わらぬ学生も、多少とも文化にかかわるものは、マルクス主義とプロレタリア運動に無関心であることができなかったのであるが、その観点から見れば、定型短歌とくにアララギ派は反動的な役割しかもたないらしかった。伊藤律の影響で進歩的分子が比較的多数を占めていたわたしのクラスでは、「まだ和歌をつくっているかい」と、ひやかし半分にいうものもいた。

わたしは文芸部の雑誌に短歌を投書するつもりで、文芸部委員の一人高尾亮一氏のところへ原稿をもっていったことがある。高尾氏は、その後高文を通って宮内省に入って今日に至っているし、今なお短歌になみなみならぬ関心を示しているけれど、そのときわたしの歌にさっと目を通して「アララギ派か」とつぶやいたのをわたしは今でもおぼえている。文芸部は進歩派の牙城で、尖鋭なプロレタリア小説を掲載して発行禁止にならなかったものの、委員の責任問題がおこっていたようにおもう。そういうもっとも新しいところへ、古くさいアララギ派の歌を持ちこむのは、後めたいような何かがわたしの気持にあったので、高尾氏のみじかいつぶやきがとげになってわたしにつきささったのである。

歌人と呼ばれるのは、詩人と呼ばれるのとちがって、古くささ、時代おくれというような観念がつきまとっていて、ぐあいがわるかった。わたしは、他人から歌人と呼ばれるのがいやだった。赤彦の影響で一生涯短歌をつくってゆこうと考えたわたしが、数年でやめてしまったのは、主としてわたしの移り気、浮気性と才能の不足とからであったが、定型歌をつくるということにたいする卑下、コンプレックスもまた主要な理由の一つだった。そういうコンプレックスはプロ文学運動にたいする絶対的信仰と無関心ではなかっただろうが、わたしと同時代の短歌作家たちは、多かれ少なかれ、そういう後めたさというのかコンプレックスというのかをもっていたようにおもう。わたしのように逃げだしてしまわないで、逆にひらきなおったひともいないではなかったが。

今の前衛歌人はこんな卑下感をもたないだろうし、もつべきではない。

作歌はやめたが、わたしは対人的な関係から、ずっと短歌の読者として今日にいたっている。もっともわたしは広い歌壇全体を見渡すというような読みかたではなく、やはりアララギを介して、短歌の動きをながめてきたというべきだろう。

その四十年近い見物のうちで、もっとも短歌が美しく咲いたのは、敗戦後の三、四年ではなかったかとおもう。これは、まったくわたしの主観的な見方であるけれど、短歌がこんなにゆたかな声で沸き立ち、さまざまな可能性の片鱗を示したことは、前にも後にもないことであった。とくに土屋文明の選歌欄には、芭蕉の俳諧をおもわせるような庶民の心と心の交流が見られたように信じている。時代は、貧しさと不安と悲しみと混乱とにみちていたが、その一方に一種の解放感がただよい、何かしら明日への希望に似た感情もないではなかった。そういうさまざまな生活と感情とが、やや舌たらずで幼い表現を通じて、短歌となって交換されていたのである。じつにさまざまな階層・職業・年齢の人々からそれらの声は出ていた。民主主義とか文化とかいう掛けごえに心は昂《たかぶ》っていたのに、娯楽も何もなかったから、案外な人々が短歌の中へ入ってきた。手のつけられないほど下手くそな作品が大部分だったろうが、文明が読むに耐えるものだけに整理してわたしたちに供してくれたのであった。歌ずれがしておらず、型を知らないゆえに、今まで修練を積んできた歌人の思いもよらぬ発想や調子にときどき出くわすのはおどろきにみちたたのしみだった。

しかしそういう時期はあまり長くつづかなかった。社会が落ちつくにつれて、また新しい娯楽が輸入されて普及するにつれて、潮のひくように多くのものが立ち去り、新しい分子は加わらず、歌の世界はだいたい、歌に趣味をもつ人々の集団にもどったようである。そして今になってみると、あの沸きたつような数年は虚妄ではなかったかと疑われるほどだ。それにしても、あの三、四年は月々の短歌を読むのが心からたのしかったことだけは、ほんとうである。

子規私論序

フランクリンの『自伝』は、世界の名著の一つに数えられているけれども、ロマンティックな青年にはたしてどの程度の魅力をもっているだろうか。事実と経験とを、誇張や強調なしに記述してゆくだけだから、水のごとき無味無臭で衛生的であるとさえいえよう。ところが、そういうみえやはったりぬきで、勉強し、印刷屋を営み、発明し、一個の市民として自覚し、政治の世界にも活動する半生のことをのべているゆえに、かえって読者に感動を与えるということもおこりうる。とくにフランクリンは、自主独立の精神に富んでいるが、こういう精神は封建時代の長かった明治の日本にはごく稀だった。しいてあげれば、福沢諭吉ぐらいか。

フランクリンの良識と実証により、古きにとらわれぬ精神、自由と独立を希求する言論と行動は、新大陸に純粋培養された新しい資本主義精神といってよいかもしれぬ。

このフランクリンについては、日本では島津斉彬の現行録で注意しているのがもっとも古い例であろうが、正岡子規がその死ぬ二十日ほど前に「日本」紙上でふれているのを、見すごすわけにはゆかぬ。子規は明治三十五年（一九〇二）九月十九日に没したが、次の一文の掲載されたのは九月一日である（『病牀六尺』百十二）。

○愈々暑い天気に成つて来たので、此の頃は新聞も読む事出来ず、話もする事出来ず、頭の中がマルデ空虚になつたやうな心持で、眼をあけて居る事さへ出来難くなつた。去年の今頃はフランクリンの自叙伝を日課のやうに読んだ。横文字の小さい字は殊に読みなれんので三枚読んではやめ、五枚読んではやめ、苦しみながら読んだのであるが、得た所の愉快は非常に大なるものであつた。費府の建設者とも言ふ可きフランクリンが、其の地方の為に経営して行く事と、且つ極めて貧乏なる植字職工のフランクリンが一身を経営して行く事と、それが逆流と失敗との中に立ちながら、著々として成功して行く所は、何とも言はれぬ面白さであつた。此書物は有名な書物であるから、日本にも之を読んだ人は多いであらうが、余の如く深く感じた人は恐らく外にあるまいと思ふ。去年は此の日課を読んでしまふと、夕顔の白い花に風が戦いで初めて人心地がつくのであつたが、今年は夕顔の花がないので暑くるしくて仕方がない。（傍点杉浦）

何をいかに感じたのか説明が十分でないけれども、子規にしてはめずらしい言いかたで、よほど感じるものがあったにちがいない。あと十日もたてば、「一日のうちに我痩足の先俄かに腫れ上りてブク〳〵とふくらみたる其さま火箸のさきに徳利をつけたるが如し」（十一日）、「支那や朝鮮では今でも拷問をするさうだが、自分はきのふ以来昼夜の別なく、五体すきなしといふ拷問を受けた。誠に話にならぬ苦しさである」（十二日）、「人間の苦痛は余程極度へまで想像せられるが、しかしそんなに極度に迄想像した様な苦痛が自分の此身の上に来るとは一寸想像せられぬ事である」（十三日）、そして「足あり、仁王の足の如し。足あり、他人の足の如し。足あり、大磐石の如し。僅かに指頭を以てこの脚頭に触るれば天地震動、草木号叫、女媧氏未だこの足を断じ去つて、五色の石を作らず」（十四日）という有名な苦悶の絶叫がおこなわれるのであるから、今までのような明解な説明を子規がしえなかったとしてもやむをえないが、わたしには、子規じしん説明しないでしまった『フランクリン自伝』の感銘に子規の秘密を説く糸口がありそうな気がしてならない。もっとも子規には、フランクリンとおなじように、秘密というようなことばに当てはまる要素はきわめて乏しいのであるが。かれの後継者である左千夫や茂吉には、人間理性をこえたディオニソス的な狂気、カオスがあるけれども、子規には自殺の誘惑を感じたことはあっても、神秘とか秘儀とかを容れる余地はない。上の引用でも明らかなように、死に瀕してさえ、その表現にはいささかの怪奇なもの、狂気じみたもの、神秘的な要素はまじって来ないのである。

◯

ところで一年まえ、フランクリンの自伝を、あまり得意でない英語の原文によって、読んでいたころ、子規の健康は、死ぬ直前ほどではないが、悪化する一方だった。すでにその晩春「来ん春にふたゝび逢はんわれならなくに」「今年ばかりの春行かんとす」といい、「夕顔の棚つくらんと思へども秋待ちがてぬ我いのちかも」と心細く歌ったのに、さいわいにも秋を待ちえて、

夕顔ノ実ヲフクベトハ昔カナ

という夕顔の句をもってはじまる落書帖『仰臥漫録』に著手したところであった。

九月蟬椎伐ラバヤト思フカナ

臥シテ見ル秋海棠ノ木末カナ

のような今なお新鮮な俳句などが書きとめられたあと、九月十一日の項に、

午前日南氏来ル話頭、フランクリンノ常識、アングロサクソンノ特色、フランスハ亡国的富、今ノ日本デハ真成ノエライ奴ハ却テチ、クレテ世ニ出ラレヌコト等

とメモしてある。日南氏は福本日南であろう。メモのことゝて、正確で詳細な内容は審らかでないけれども、たぶん洋行帰りらしい日南をつかまえて、いきなりフランクリン論をおっぱじめたことがわかる。当日は朝飯に「イモ雑炊三碗　佃煮　梅干　牛乳一合コヽア入　菓子パン」と相当な食欲を示したあとだったから、元気もよかったと推察される。いずれにせよ、『病牀六尺』で思い出しているとおり、フランクリンから大きな衝撃をうけたことを当日のメモが示しているといっていい。

他のところで、子規がフランクリンに言及しているかどうか、調べるいとまがないけれども、もうひとつ注意すべきは「天王寺畔の蝸牛廬」という小文であろう。

子規は幸田露伴と子規とに関する新聞記事を見て、十年前の露伴訪問のことにからめて自分と小説との関係を話そうと思いたって、口述をはじめたのだが、「書生気質と風流伝」というみじかい一章

だけで、未完に終ってしまっている。明治三十五年九月の口述だから、病勢にわかにあらたまったためであろう。その記述によれば、子規は松山における少年時代、馬琴、水滸伝、三国志のほかに、新聞小説を熱読した。そして、

明治十六年に東京へ出て来て、其後に始めて春水の人情本なるものがある事を教へられた。がまだ深入する程には余り子供らしかつた。此頃は余は小説を読む事を忘れて寧ろお茶の水の図書館へ行て梅墩詩抄などを読むに余念なかつたのである。然るに明治十七年であつたか矢野龍渓の経国美談といふ本が出版せられてそれは一時世の中に喧伝した本であつた。これはグリーキの歴史の事を書いた演義的小説で、今日から見れば勿論文学だの小説だのといふて騒ぐ程の者ではないが、馬琴の著述の外に一歩も踏み出した事のない吾々には此書物がどれだけの感動を与へたかは其当時比較的に高価であつた此書物を書生の身で買ふて来たのでもわかる。尤も一円以上の大金であるから友達と二人で出し合つて一部買ふて来たのであつた。いはゞ明治文学の曙光として此本は見られたわけであつたけれども、併し其後継になるべき本は無かつたので余は再び徳川文学に立戻つて今度は春水の人情本を読む事に日を費して居つた。

それから逍遙の『当世書生気質』に接したときの驚きと喜びを語っているけれども、ここではそこまでふれる必要はあるまい。『経国美談』から与えられた感動の方がたいせつなのである。

古代ギリシアがルネサンスいらい理想化されて近代国家の新しい国づくりの手本にされたことはこ

とわるまでもない。ギリシア神話やプルタルコスの列伝の影響によって、民主主義と愛国主義の故郷と見なされていたのである。『経国美談』が紹介したのは、主として愛国主義の方で、デモクラシーの方ではなかったようだ。がしかしギリシアの愛国主義は、日本や中国の歴史には見られない形をもっている。というのは、アジアでは、愛国主義は、国そのものにたいする忠誠ではなく、つねに王朝または君主にたいする忠義という姿をもってあらわれた。つまり忠君であって、必ずしも愛国であるかどうかはっきりしないのである。ところがギリシアの英雄たちは、王朝にたいして身命を捧げるのではなく、国という共同体のために生死を賭けた。国王そのものが、そうなのであった。国王は超越的な神権者ではなかった。だからそこには国民的平等、民主主義への予感がはらまれている。明治初年の青年たちが『経国美談』を耽読したとしたら、かれらの心をつかまえたものは、その愛国主義にほかならなかった。少年の子規もまたこの新しい時代の思想に敏感に反応したのであった。

このことは、晩年の病床の中でフランクリンに感動したこととまさしく照応している。フランクリンの「常識」は、ロマンティシズムと無縁で、実証的で着実で論理的であるが、退屈でも無味でもなく、充実している。それどころか、古い因襲に陥りやすい旧大陸の文化の伝統に曇らされぬ自由な目と独立の精神によって、やがて二十世紀の世界に君臨すべきアメリカ資本主義に道を拓いているのである。もちろん、フランクリンが帝国主義化したアメリカ資本の元祖ゆえに、子規が深く感じたのではない。開国して富国強兵をいそぎ、かつ、資本主義の育成に成功して産業革命に突入しつつあった当代の日本には、基本的にはフランクリン的啓蒙精神とリアリズムとが必要だったのである。ところが長い封建時代からぬけ出したばかりの藩閥・政商・欽定憲法の世界では、汚職やスキャンダルや武断主義がはびこっていて、フランクリンに似た人物が主要な役割をつとめる余地はなかったとしてもふしぎではない。にもかかわらず、基本的にはフランクリンの精神があるべきだった。啓蒙精神、合理主義、リアリズム、さらに若干のピュリタニズムが。

子規の深く感じたのは、フランクリンのそういう資本主義の啓蒙時代の時代精神というようなものではなかったか。

○

子規は晩年を病床の上ですごした。そしてそこで俳句の改革をほぼなしとげ、短歌の改革にも手をつけた。かれの世界は、文字どおり病床六尺であって、それ以上ではなかった。「去年の今頃はゐざるやうにして次の間位へは往かれたものが今年の今は寝返りがむづかしくなつた」（『墨汁一滴』）といい、「病に寝てより既に六七年、車に載せられて一年に両三度出ることも一昨年以来全く出来なくなりて、ずんずん変つて行く東京の有様は僅かに新聞で読み、来る人に聞くばかりのことで、何を見たいと思うても最早我が力に及ばなくなつた」（『病牀六尺』）とみずから歎いているとおりである。その点では、あの交通未発達の時代に新旧両大陸の間を往復していたフランクリンとは活動の規模がちがうといっていい。毎日、

便通及繃帯取換

朝飯　ヌク飯三碗　佃煮　梅干

牛乳五勺紅茶入　菓子パン二ツ

便通
午飯　粥三碗　堅魚ノサシミ　ミソ汁一椀　梨一ツ　林檎一ツ　葡萄一房
間食　桃ノカンヅメ三箇　牛乳五勺紅茶入　菓子パン一ツ　煎餅一枚
夕飯　稲荷鮓四箇　湯漬半碗　セイゴト昆布ノ汁　昼ノサシミノ残リ　焼セイゴ（肴古クシテクハレズ）
　佃煮　葡萄　林檎

というように、飯や副菜や間食に子規は生きる情熱の半ばをそそいでいたのだから。

だが、そういう狭い病床六尺から出られなかったから、子規の目は狭く文学は価値乏しいというような説ともなれば、単なる俗論にすぎない。というのは、一つには質と密度の問題がぬけている。もともと経験というものが、文学の素材として貴重なものであることはいうまでもないけれども、文学の価値と経験の大小とはほとんど関係がないといっていい。アリ・カーンやギリシアの某富豪のように世界じゅうを歩きまわり、数千人の美女と交ったとしても、それは文学とは直接関係のないことではないか。堀辰雄よりたくさんの女を知っている男は、幾百万人、幾千万人いただろう。が、連中の経験は何らの文学的価値を生じなかった。といって、もちろん、一日が前の一日と同じ灰色をもってつづく生活から、すばらしい文学が生まれるというわけではない。文学に造形せられるためには、瞬間的であれ長時間的であれ、作家の精神を極度に緊張せしめるような異常な時間がなくてはならぬ。時計的時間、地球的地理の広さよりも、密度の問題ともいえよう。もっとも生まれながら病床にしばりつけられて、すべてをそこからしか見られないばあいには、おそらく視野の狭さが問題になるだろう。が、子規のばあい、一般の明治人とくらべて、必ずしも経験の乏しい方ではなかった。旅行もよくしており、日清戦争に短いながら従軍もしている。その途中で病気で倒れたのである。十二分といえないにしても、一般の問題を批判しうるだけの体験は身にそなえていたはずだ。子規の恋愛については、わたしは知らない。が一度も恋愛感を味わったことがないとも思えない。色ごとに熱中できるかどうかは性格の問題であるし、色恋は人間および文学の最重要問題の一つだとしても、このごろの週刊誌や歌謡曲の歌詞が言っているように、人生と文学のすべてではない。まして与謝野晶子みたいにニキビが消えるとともに、詩も消えてしまうというのでは何とも仕方がない。ついでにいえば、晶子の『みだれ髪』の歌は、調子は甲高いけれども、密度はけっして高くない。子規の病床の世界の方がはるかに密度が濃いのである。

もっとも、世界が狭いゆえに密度をこまやかにしうるという利点がないではない。子規を取りまくのは、虚子、碧梧桐等々の俳人たち、左千夫、節、麓の歌人たち、子規の俳句・随筆のファンたち、いずれも茫漠たる大衆ではなくて、多かれ少なかれ子規そのものの個人的魅力にひきよせられてできたサークルに近い存在であり、目にうつる世界は、首をあげて見うる狭い庭の風景に限られている。だからかれの俳句短歌随筆にはインティメイトな気分が隙間を埋めているのである。ただしこういう狭い人間関係、視界の中に生きているうちに、すべてがマンネリ化して、創造力の枯渇を来たすことが大部分なのであるが、そうならなかったところに子規の文学的資質の特異さがあるといっていい。

○

子規の庭に咲いていた萩や朝顔、一むらの薄、たばねられた山吹の枝、軒にぶらさがるへちま、夕顔の花、そして上野の山からきこえるにぎわいなど、いずれも子規のつくるゆるぎない文学的世界の構成要素をなしている。それらはたしかに病床から首を上げて見える小さな狭い視野の中に限られている。がしかしそれを見る子規の中には、相当の文学的人生的体験が蓄積されてあるだけでなく、他の人々のもたぬ限りない新しいものへの情熱的な好奇心、発展途上にある日本社会とりわけ文化の諸部門にたいする大きな期待が、ほとんど死の直前まで、活発に躍動していた。もちろん子規の現代政治論政治家観など、けっして当時のジャーナリストの常識を越えるほど高くはなかったけれども、世界の中の日本、封建制社会からようやく脱けだした日本の文化については、明治人らしい、楽天的だがかなりリアリスティックな見とおしと方法とをもっていたらしいことが、ときたま洩らされる断片的な意見から察せられる。かれのとらえた病床即事には、そういう国士ぶりといっていい強い調子が備わっている。どこかで山本健吉が「鶏頭の十四五本もありぬべし」を引いて指摘していたように、虚子や碧梧桐の俳句の方が子規の俳句より字句の斡旋において、なめらかさ、また奇嬌さ、巧妙さにおいて、まさっているのかもしれないが、明治人の気骨、風格を欠いていて、プロ、セミプロの俳人以外にはなじみにくい。かれらの俳句によってわたしの中にある何ものかに衝撃を与えられるということはめったにおこらないのである。これにたいして、子規の俳句には、夕顔やへちまをとりいれようとも、その出来のよいのには、独自のくっきりとした輪廓と調子とがそなわって、そこに明治の人間が厳存するのである。

病床の随筆も、しまいごろは、あるいは口述筆記とおもわれる文体であるけれども、明治の自由民権運動の波で多少とも洗われた人間に独特の強い張りが失われていない。それは戦前の潰滅したプロ文学運動の洗礼を多少ともうけたいわゆる戦後派文学者の文体に特殊な暗い翳がつきまとっているのに対比されよう。もちろん、子規の強さは、個人的には極度の肉体的病苦のゆえに、逆上し、何度も襲ってきた自殺の衝動に耐えぬいた極限状況の中から出てきているのであって、ただのんびりと寝そべって、ご馳走を食っていたためではない。

◯

ついでにいえば、子規のご馳走論くらい、子規らしさが溢れている文章はない。

……（日本人の）身体の活動の鈍さは即ち栄養の不十分に原因致し候者故、此不精を直さんとならば御馳走を喰ふが第一に御座候。……御馳走を贅沢の如く思ふは大なる誤にて、富も知慧も名誉も一国の元気も皆此御馳走の中より涌き出で可申候。もつとも御馳走と申し候ても正月の筍を喰ひ舶来の罐詰を賞翫するやうな奢侈をいふ者にあらず、一口に具象的に申候はば牛をおたべなされと申事に御座候。牛が無ければ豕にても宜しく豕が無ければ鳥にても宜しく鳥が無ければ魚にても宜しく候。……中には牛は不消化だからなどと申しながら香の物を喰ふ人も有之候へども、香の物の不消化にして胃を害するは牛の滋養多きと同日の談にあらず候。……東洋流の粗衣粗食論は久しきものにて小生なども幼時より此主義によりて育てられ候故、弱き体をいよいよ弱く致し候。若し初より御馳走主義を実行せしならば今日の如くかひなき身とはなるまじきものをと存候。……

いわゆる食通とは縁がなく、きわめて合目的主義に貫かれているように見えるけれども、決して食べ物のよろこびを欠いていないことが口調からも察せられる。そこに文学がある。栄養だけのために食っているのではなく、食べもののうまいまずいを味わい、味の変化をたのしんでいることは、病床随筆のいたるところでうかがわれるとおりである。

もちろん、子規によれば、そういう肉食によって栄養をとることは、新時代の社会的活動にとって、必要不可欠の条件であった。江戸時代のように消極的で退嬰的な世の中ではなく、全世界の先進国に伍して進んでゆかねばならぬ明治の御代の日本人はあくまで積極的に活動しなくてはならない。たとえば子規じしん、健康なとき、俳句を作り俳論を草する外に俳句分類に従事していた。中世以来の全俳句を季題別に分類するという基礎的な大事業だったから、「常の人ならば今日の仕事もすんだからこれから人の内へ話しに行かうかとか、寄席に行かうかとか、散歩に行かうかとか、酒飲みに行かうかとかいふ場合に小生は俳句分類に取り掛り候。今日は日曜だから一日遊んでしまふといふ処ならば今日は一日分類をやつて遊べといふやうな事に相成候」であった。こういう事業をするのに粗食、菜食主義はけっして適当ではなかったろう。これに類した当代の仕事に必要とされる莫大なエネルギーは主として肉食によって補給の保証がえられるはずであった。もっとも子規の栄養をとるべきの説は、日本の資本主義社会にぜんぜん相手にされなかったこと、『職工事情』における製糸女工の食事調査をちょっとのぞいただけでも、はっきりしている。調査の対象になった甲工場は朝は一年じゅう香の物だけ、昼は唐菜茎、夜は高野豆腐というぐあいで、肉魚が献立に一度ものったことがない。そのため結核性疾患で死亡する女工の比率は千人につき五人から十人に達している。

そういう点からみれば、子規のリアリスティックで合理的に見えるご馳走論もついに空想論にすぎなかったかもしれない。がしかし、そういう食事の問題さえ、プライヴェイトな口腹の趣味をこえて、日本の国家的活動とその将来の見通しの中でとらえ直そうとしたところに、子規の発言の意味がある。かれは食の問題にかぎらず、多くの問題を同じ観点から出しているのである。もちろんわたしは子規を熱烈な国家主義者と仕立てようとするものではないが、六尺の病床の中でも日本の近代について、かなりリアルにとらえようと努めることはやめていなかったということにまちがいはない。それは恋愛三昧とくらべて必ずしも狭隘な世界ではなかったし、フランクリンに多少とも通じるところがあったのである。

レオナルド・ドキュメント

レオナルド・ダ・ヴィンチの中に入ってゆくためにはレオナルドとおなじようにあらゆることに興味と知識をもっていなくてはなるまい。たとえ当時の科学が今日とくらべてかなり初歩的な段階にあり、レオナルドの天才をもってしても、時代より数十段高くにまで飛躍したとはいえないとしても、いや、初期的段階にあって思考も用語も今日のように分化していないゆえに、かえって高い知識をもたなければ、レオナルドを知ることができにくいのである。しかも頭にひらめくままに記されたメモであるから、広く高い知識がなくては一そう解しがたかろうがそういう困難をはらんでいるだけにレオナルドに魅せられるのであり、一たん魅せられたひとは、憑かれたようにレオナルドから離れにくくなるのである。

レオナルド・ダ・ヴィンチのノートは、死後かなり散逸してしまったにもかかわらず、今日残っているだけでも約五千葉あり、人間一生の研究ではとても研究しつくせないほどの量である。いったい、もとはどのくらいの手稿が存在したろうか。おそらくレオナルドの死後、弟子によって編集された『絵画論』は、絵画にかんする九四四項目を収めているが、それは当然レオナルドの手稿から採られたものと考えてよい。ところが現存する手稿とその絵画論と重複する項目はたったの二二五項目にすぎない。『絵画論』に収録されなかった絵画にかんするノートがかなりたくさん見出されるし、反対に、七一九項目を記してあった手稿は湮滅に帰してしまったわけである。その比率からいえば、失われた手稿は六千葉ということにもなるけれども、いろいろの推測のけっか、現存するのはレオナルドの書きとめたノートの三分の二、紛失した部分は約二千葉、三分の一という結論のようである。たいしたものではないか。わたしなぞ、そのごく一端を垣間見たにすぎない。にもかかわらずレオナルドの手稿にふれると何か自分の知恵と能力とが総ざらいに引っぱり出されそうな一種のおののきをもった快感を感じたのである。

＊

レオナルド・ダ・ヴィンチにとって、全自然が微妙不可思議な謎にみちみちて拡がっていた。かれは、ヴェロッキオの工房で絵画職人としての修業を重ねて一人前の絵画職人としてみとめられるに至ったわけだが、いつごろから粉本でなくて自然の内臓を切りひらいて見たくなったのだろうか。東洋人ならば、自然に沈潜して自然と融合一体化しようとこころみるのだけれども、レオナルドは、どんなに自然の美しさに驚歎しても、つねに自然を客体として見、処理する姿勢を失ったことがない。

レオナルドが書きつけたごく短い絵画史を読んで見よう。

「画家が手本として他人の絵を選ぶならば、かれは取りえの少ない絵をつくるようになるだろう。しかるに自然の対象をまなぶならば、りっぱな成果をあげるであろう。われわれがローマ以後の画家についてみとめるように、かれらは常に陳々相寄り、時代を重ねるにつれてこの芸術に凋落の一途をたどらせたのである。このような連中のあとにフィレンツェ人ジオットがあらわれた。かれは山羊のような動物しか棲んでいない荒寥たる山中に生れ、自然によってこの芸術に心を向けられると、岩のうえに自分の飼っている山羊の行動を素描しはじめた。こうしてそのあたりにいるあらゆる動物を描くに至ったが、その結果ついにこの人は、多年の研鑽ののち、同時代の親方たちはもちろん、何百年の先人すべてを凌駕した。この人ののち芸術はふたたび衰退した。けだしすべてのものが出来あいの絵を模倣したからである。かくて代を追うて凋落の一途をたどりマサッチヨと綽名されたフィレンツェ人トマーソが完璧な作品をもって、師匠たちの師匠たる自然以外のものを手本にえらぶ人々がいかに徒らに自分を疲労させるのみであるかを示すまで。」

自然はギリシア・ローマ時代もルネサンス時代とそれほど変わっていないはずだが、その美しさを認めることのできるのは、ごく稀有な才能を賦与された目だけなのである。そのことは、ジオット以前だけでなく、レオナルド以後今日まで変わっていない。レオナルドの弟子たちのだれひとりとして、レオナルドのように自然から生きているものだけを引き抜いてくる目をもたなかったのも、その証明となろう。レオナルドがどのように教えても、見る力のない目には、やはり見えないのである。

ジオットの弟子タッデオ・ガッディ、その子アニョーロ・ガッディの弟子チェンニーノ・チェンニーニは『芸術の書』において、

「私たちが持ちうるもっとも完璧な案内人、最後の指導、素描に導く凱旋門、それは自然であることに留意せよ。何よりもまえに、自然によって素描することが大切である。すべからく熱意と信頼とをもって自然に身を献げよ」

と、レオナルドの手記に入っていてもおかしくないような意見を述べている。たぶんジオットから自然を学べとの教えが伝えられたのであろう。そしてたぶんかなり熱心に自然の写生に打込んだかもしれない。がしかし自然はただ素描されただけで、何一つその内奥の機密をチェンニーニには洩らさなかったようである。だからチェンニーニの本には、顔料の製造法や彩色法や「板画の技法を習得するために必要なこと」「小麦粉のりの製法」「魚膠の使用法とその溶かし方」「ワニスのかけ方」から死者とその毛髪やひげの彩色法、空色、金、紫の衣裳の描き方など当時の職人として心得べきことはすべてかなり詳細に述べられてある。そして修業の年限も記してある。「最初に、パネルを使ってデッサンの初歩を学ぶのに一年を要する。師の工房に寝起きして、顔料を砕くことからはじめて、膠を煮ること、石膏を捏ねること、パネルの地塗り、肉付け、盛上げ、磨くこと、金箔を置くこと、金地に粒点をほどこすことまで、絵画に関するあらゆる製法、技法に精通するには六年を要する。ついで、顔料を研究し、媒剤を使って彩色し、装飾すること、豊かに波打つドラペリー（衣裳のひだ）を金で表わすこと、壁画に習熟することに、さらに六年を必要とする。その間、デッサンを常に心掛け、祭日平日の別なく、毎日毎日、デッサンを怠ってはいけない。こうして、多大の修練を積むことによってこそ、天性も立派に結実するのである。これ以外には、いかなる道を君が選ぼうと完成は望めまい」と。なるほど修業者に与える忠言としては申し分なしであろう。そしてその戒めどおり十三年間修練を積んだら、一人前のマエストロになることができよう。がしかしかれの三代前の師匠ジオットのように「自然のまま」に描くことは不可能であろう。あるいはさきにいったように自然に就いて学ぶことはジオットの教えだったかもしれない。その教えをタッデオおよびアニョーロの両ガッディが暗記して、わがチェンニーニに伝えたのであろうか。いきなり上に引用した、自然にたいする讃歌が謳われるのだが、チェンニーニはそのまま二度と自然について口を鍼して語らず、かれの本を通読しても、自然の内実に迫る方法や自然をうわべだけ模写する方法も説かれず、二度と自然にふれることがないのである。

チェンニーノ・チェンニーニにくらべると、レオン・バッティスタ・アルベルティはまさしくレオナルド・ダ・ヴィンチの先駆者であり、あらゆる意味で未発達のレオナルドといってよかろう。ブルックハルトがいっているように、アルベルティはまことにルネサンスに特有の万能人であった。スポーツや乗馬や球投げについては申すまでもなく、政界に活躍し、ラテン語で喜劇を書けば古代作家の作品と見誤られ、『建築論』二巻を著し、『彫刻論』をものし、さらに水流学、工学、力学等について多くの問題を提出し、『家族論』では、市民の道徳や家庭生活について詳細に論じている。もっとも政界で活動したり、家庭生活について考えるのは、レオナルドには無縁であったけれども、五十年後にレオナルドによってあざやかに拡げられる思考や観察の芽がアルベルティにおいてはまだラテン的なかたい苞に包まれて動き出していないというふうに見えないではない。

アルベルティの『絵画論』もまた、レオナルドの絵画論の先駆けであった。はたしてレオナルドがアルベルティの『絵画論』を読んで、そこから何らかのヒントなり示唆なりを与えられたかどうか確かなことはいまだ詳かでない。がしかしアルベルティの本は、一度ラテン語で書かれたものをみずから当時の口語に直して、ブルネレスキに献呈したものである。レオナルドがジオットと二人だけと讃えた画家マサッチョはブルネレスキから遠近法を学んでいる。そのうえレオナルドがアルベルティの

『建築論』をのぞいた形跡があるから、ブルネレスキに献げられた『絵画論』も遠近法に深い関心をもつレオナルドの目にふれなかったとは必ずしも考えられない。そのうえ、レオナルドはじぶんのことを「無学文盲の徒」と自称して学者たちをやっつけたことはあるけれども、手稿によるかぎり、じぶんの興味と関心と研究種目とに応じて、ずいぶん広くいろんな本に目を通しているのである。だからアルベルティの本も、レオナルドが、どの程度の熱意をもってかはしらぬけれど、一応読んだのではないかと考えてもたいして見当はずれではあるまい。

アルベルティは、絵画を点、線、面を幾何学的に考察することからはじめ、光線の三種類が視覚にいかに作用するかを説いて、目から対象物に拡がってゆく光線がピラミッドを形成していることを指摘、続いて色彩論に移る。次に絵画こそすべての造形芸術の親であることを強調し、その実例を枚挙したうえ、また輪廓、構図、光と色との関係に立ちもどる。最後の巻では、画家の人間的道徳的心得を述べ、「まず芸術の劈頭第一番である名人となるためのあらゆる段階では、自然から摂取獲得しなければならぬ」とし、「この芸術の完成はたゆまぬ勤勉とその熱心さによる」として観察を詳細確実にして人間の肢体のあらゆる部分を調べ、「若い人の肢体は、まるで鞣皮製のように丸くてデリケートであり、最も老齢のものはざらざらして、骨張っていることに注意しなければならぬ。このような一切のことを、勤勉な画家ならば自然から認識し、それらがどのように表われるかを根気強く調べるであろう」と、まるでレオナルドのメモに記されてるようなことばが出てくる。もっともレオナルドの方がさらに精密であるけれど。それでも「彼は、腰かけている人の膝に気をとめ、そしてその人の脚がどんなに優雅に下っているかに気をとめるであろう」というくだりを読めば、レオナルドの腰かけている女の膝のデッサンを思い浮かべずにはいられぬし、アルベルティが「心の動きは身体の動きによって知られる」として「悲しみに沈んだ男は、心配に締めつけられ、物思いにとざされるあまり、体力も知覚も鈍ってしまったかのように青ざめ、憔悴した皺体をして弱々しく疲れ果てた姿勢で立っている。憂鬱症にかかった人は、額に皺をよせ、頭を垂れ、あらゆる肢体はあたかも疲れ果ててだらしなくなったかのように、まさに倒れんばかりである。怒り狂った人は、怒りが心を刺激するため、目は憤怒で膨れ上り、頭も肢体も燃えるような色に染まり、あらゆる肢体には、激情が大きくなるにしたがってますますはげしく興奮が伝わってゆく」とか「人間はどんな姿勢の時でも肢体中で一番重い部分である頭部を身体全体で支えているのだということを忘れてはならない」というのをきけばやはりレオナルドの解剖手記に書かれていてもおかしくないと感じる。

そして「自分の制作する対象がいかなるものでも、すべて自然から摂取するのを常としているものは、その腕を大いに熟練させることになるので、どんなものを制作しようとも、それはいつでも自然のままに写されたように見えるであろう」と写生をすすめながらも、「われわれは、自分の描こうとするものを始終自然から採り、そしていつも最も美しいものを選ぼう」と結んでいる。つまり画家は、自然をただ本物そっくりに描くだけではだめ、すべての部分に美しさを賦与しなくてはならぬのである。画家としては、それが当然であろう。もっともレオナルドなら、必ずしもそうは考えなかったかもしれない。自然の精妙さをたたえるだけでなく、その荒々しさや冷酷さをも心得ていたし、秘密を認識するためには、肉を刻み手を血で汚すこともいとわなかったからである。かれの求めたものは、はじめは美であったようだが、やがて真実を追い求めずにはいられなくなったのである。

それはともかく、レオン・バッティスタ・アルベルティは、万能の天才であり、『絵画論』においても、チェンニーニのそれとちがって、絵画の合理化、科学化を志向していることはたしかである。にもかかわらずかれの論文の大部分が学術語であるラテン語で書かれていただけでなく、その論考も(『家族論』は古代ローマのキケロその他、『建築論』はヴィトルヴィウスに拠っている)当時の学者の論文らしく引例はほとんどすべて古代ギリシア・ローマの古典から引き出されている。画家として名前の挙げられるのは、アペルレウスとかカテバイのアリスティデスとかキプロスのティマンテス、ポリュグノトス、エウプラノなどで、イタリアの画家の名はたった一度「われわれのトスカナの画家ジオット」が出てくるだけなのである。名を挙げられた古代画家の作品はすべて堙滅に帰して一つも現実に見ることができない。ただ古典の中で図柄その他を想像するにすぎない。ところがアルベルティの周囲には、チマブーエ、ジオットをはじめマサッチョその他の作品が溢れていたはず。そういう現実に鑑賞し勉強しうる作品の山にほとんどまったく目をつむって、本の中にある画家と作品とで論証しようとするのは、歴史画の尊重や画家道徳家論とおなじく、学問的な(もしくはペダンティックな)飾りによって、絵画芸術を職人の手工業から解放し、あわせて画家の社会的地位を向上させようという志向から生まれたのかもしれないにしても、今日においては、ディレッタントの画論にすぎないように見えざるをえない。アルベルティの絵画作品は現存しないようにおもうが、『絵画論』によれば、かれじしん画を制作したことはほぼたしからしい。その作品がどれほど「自然のまま」で、しかもあらゆる部分に美を賦与されていたか、今は知るすべもない。ただ、ディレッタントの域を脱していなかったのではないか、と漠然と想像するだけである。すべてにおいて、レオナルド的な芽をきざしながら、素人芸に終ったのではなかろうか。(以上レオン・バッティスタ・アルベルティについては、三輪福松訳『絵画論』とその解説に負うところ大きい。)

＊

「……そして私の後から来る人の中から」とアルベルティも希望をもってその『絵画論』を結んでいる。「私以上に、優秀な才能と研究心とをもった人が現われるなら、そういう人こそ完全無欠な絵画を制作するだろうと信じている。神を讃えまつらん」と。

まことにレオナルド・ダ・ヴィンチこそその人であり、神を讃えまつってもよい出現であった。レオナルドにとっても、おそらく自然への接近はまず絵画を通してはじまり進められたにちがいない。「神聖なる絵画科学」といい、「絵画科学の神性なるゆえんは、画家の頭脳が神の頭脳に似たものに変る点にある。それゆえ画家は、ほしいままな力をふるって、さまざまな動物、植物、果実、風景、田園、山々の廃墟、見物人に恐怖をあたえるおそろしく物凄い場所や、さらに、のがれ去る風のあとを見渡せば、風のさわやかな動きによって靡き伏した、色とりどりの花咲き乱れる牧場の気持よく、すがすがしく、たのしそうな場所などのさまざまな実相を創り出してゆく。岩石や根っこや泥や泡と混りあった根こそぎになった樹木を前方へ追いやり、自分の破滅をさまたげるものを一切合財押し流しつつ、高い山から大洪水のごとく満ちあふれて流れ下る河川をも。……」とか、「画家は、自分を魅する美を見たいとおもえば、それを生み出す主となり、また、肝をつぶすほど奇々怪々なものであれ、ふざけて噴き出したようなものであれ、実際かわいそうなものであれ、何でも見ようとおもえば、その主となり神々となる。……」とか画家の神性を滔々と書き並べてゆくのは、絵画神聖説の弁証にはちがいないけれども、じつはそれは当時ミラノの宮廷をはじめ、各地の社交界で流行した論争遊びの一種としての絵画対詩文学、絵画対彫刻の優越論議であって、必ずしも真剣な主張とはいえないかもしれない。がしかしレオナルドが、絵画をより美しく、より自然のままに（リアリティをもって）描くために、自然の対象を見入っているうちに、自然には、人間の経験の中にいまだかつて存在したことのない無限の理法がみちみちているのに目をひらき、自然が自己の法則を破らないことにおどろき、さらに「人間の天才は種々な発明をし、さまざまな道具で同じ目的に応じたとはいえ、自然よりも美しく容易かつ簡単な発明をすることはぜったいにないであろう」と知ったとき、かれと自然とのかかわりかたは当然変わらねばならなかった。

画家のレオナルドは、人間を含めた自然の姿形と色彩と、ときには、その運動を目でとらえればよかった。遠近法も翳りも絵を立体化するけれども、立体そのものを外から把握すれば足りたのである。さきに、レオン・バッティスタ・アルベルティの『絵画論』をのぞいたおり、腰かけた女の垂れた足の美しさや激怒した表情の変化について注意したけれども、それらはすべて外から観察すれば十分だったし、画家としては、それで満足しなければならなかったろう。がしかしレオナルドが、自然そのものに魅惑されたとき、かれはグラーツィア（優美）も何も忘れて、そのものの内奥の秘密までとらえ、その限りない理法を明らかにしようと欲したのだ。そのとき自然にたいして、画家とはまったく別の態度をとり、別の処理をする必要が生まれてきた。もっとも素朴な例として、かれは太陽や月や星やその光やの美しさに感歎しているうちに、いったい太陽の実体は何だろう、月や星とは何だろうと考えはじめて、古代天文学の本を漁り、紙にあけた針の孔から太陽や星を観察する。そして太陽から物体、形態、運動、光輝、熱度が創り出され、太陽じしんは動かぬと結論する、地球も一個の星であり、月が自分一人で光らないことを知り、月の暈《かさ》は何かということを考える。きわめて初歩的な知識だし、多くの思いちがいや誤りをもっているけれども、それは東洋流にひたすら月や星を風雅の友として詩歌に詠み感賞するのではなく、科学としてそのものをとらえようとする姿勢だけは失われていない。こういう観察をするとき、画家のレオナルドはほとんどその場に存在しないのである。

かれの尊重した esperienza（エスペリエンツァ）は、英語の experiment に当たるけれど、日本語に移す場合には、「実験」と「経験（または体験）」の二つに分かれざるをえない。わたしたちには「経験」は他動的な意味を多く含み、「実験」ははるかに主体的なものと解している。

「知恵はエスペリエンツァの娘である」というとき、レオナルド時代の水準で考えれば、このエスペリエンツァは「経験」としてよかろう。だが「わたしは、もっと先に進む前にまず何かのエスペリエンツァをおこなう。なぜなら私の意図は、まず、エスペリエンツァを述べてしかるのちに、なぜかかるエスペリエンツァがかかるふうに働かざるをえないかを、理論によって証明することにある」という場合、「実験」とする方が妥当ではなかろうか。だが「その理論がエスペリエンツァによって確証されないあの思弁家たちの教訓を避けよ」となると、「経験」「実験」のどちらでもあてはまろう。そして「エスペリエンツァの弟子レオナルド・ダ・ヴィンチ」とみずから称するときのエスペリエンツァは「経験」とする方が日本語としてしっくりするような気がする。このように、エスペリエンツァなる単語がいささかわたしたちにとまどいをひきおこすのは、イタリア語と日本語との差違だけでなく、レオナルド時代の科学的実験がきわめて幼年期にあって、主体的な営みとして社会的な独り立ちができず、いわばまだ消極的な経験の臍の緒から切り離されていなかったせいでもあるにちがいない。そしてレオナルドの科学的メモを読むときには、そういう時代の中でどのように四方八方へ手さぐりすることによって、真理の方向へ向かおうとしたかをたえず考慮の中におかなくてはなるまい。ただし実験がほとんど完全に実験室の内に入りこんでしまわず、まだ自然の中で挾雑物の多くをまじえながらおこなわれたおもしろさもないとはいえないのである。

＊

はじめは画家として「自然のまま」に描くべく人間を含めた自然にレオナルドは接近していったのだろうが、やがてミラノ公ロドヴィコ・イル・モーロの宮廷技師として、あるいはヴァレンティナ公チェーザレ・ボルジアの軍事技師として、さらに、フランス国王フランソワ一世の顧問として働くようになると、別の方面からも自然に立ち向うことを余儀なくされたのである。ミラノやフィレンツェでは、紡織機械に水力を利用するために、また原料や商品を舟で輸送するために、運河の建設が必要となると、河川とそこに流れる水の運動とがレオナルドの研究心に取り憑いて離れなくなる。工学技術者ならば、水を利用する手段方法だけを考えればいいのだが、レオナルドは水の動きに限りない興味をもって、流れる水を観察しはじめる。水は水面と水底で速度がちがうのか、河底に障害物が存在したら水の運動にどのような変化が起るか、渦巻や泡や沫きとは何であるかなどからはじまって、この河の水はどこから来るのか――山に降った雨から。その雨は雲から。雲は主として海から蒸発する水の微粒子から。海の水は河の水からできる。とすれば、水はたえず地下水を含めてぐるぐる循環しているのではないか。

かれが自然はすべて停止しないで、間断なく動き、変化してやまぬことを感じたのは、おそらくこの水の流れを力学的に追求しつつあったときからであろう。孔子は黄河のほとりで「逝くものはかくのごときか」と歎じたし、日本の仏教者も河の淵がたちまち瀬になることから世の無常を感じたけれど、レオナルドは、河の流れを見て、水が刻々流れてとどまらぬだけでなく、山の頂を侵蝕し海に沈積して、地球そのものをも絶えず変えてゆくことを、そして確固不動のシンボルであるはずの大地すら長い時間のうちに変動することを自然の理法として把握した。とくにイタリア北部、アルプス地方の山岳地帯の旅行で海産貝類の化石層を見たとき、かつての海が隆起して山に変わったものであることを認識した。(「大地の表面は、太古時代にはその平野の上まで潮によってすっかり占められ蔽われていたこと」「地中海はその海底を大気中に露出し、ただ、そこに注ぐ大河だけを水路として残すことになる」のである)同じように迅速に流れてとどまらぬ河の流れを見て、レオナルドが感動をおぼえたことはまちがいないけれども、その感動を無常観やセンチメンタリズムの中に流してしまわず、そこから自然の理法がいかに働いているか、追いつめてゆく。自然と情緒的に一体化することで自己陶酔するのではなく、感動は感動として保ちながら、自然をあくまで客体化して、その客観的法則を求めてやまぬというのがレオナルドの自然論にほかならない。

しかも自然の精妙にして簡素なのに、人間のいかなる天才も及びえないことを心得ながら、どこまで自然に迫りうるか、その能力の限りを尽くしたのが、飛行の研究であろう。東洋にも飛ぶ鳥を描いた絵も文学もないではない。望郷の思いを雁や鶴に託して述べて、ときには「鳥にならまし」と切ない感懐を述べた話はけっして少なくない。がしかしそれはただ情感だけの問題で、鳥を客体として観察、その構造と機能とを明らかにして、人間じしんが鳥のように飛翔しようと試みはしなかった。レオナルドは、鳥の飛びかたや気流を観測し、鳥の種類によってその飛びかたに相違のあることをみとめ、鳥を解剖してその翼の構造、羽毛の役割、筋肉や腱の強度、翼と体重との比較などを調べ、さらにこうもりやかげろうや蚊の飛びかたも詳細に観察している。そのけっか、人間の体重を飛翔させるほど巨大な翼を廻転する動力源は、人間のエネルギーにはないことを悟って、上昇気流に乗って空中を浮遊するグライダーの製作にとりかかった。そのグライダーで最初に飛んだ青年はイカルスのように墜落惨死をとげたという伝説が残っているけれど、ほんとうは、レオナルドのグライダーが空中に浮かぶまでに至ったかどうか、たしかな証拠はない。が、空ゆく雁にひたすらあこがれていたわれわれの祖先とは、いたくことなる自然であるとはっきり言えるだろう。

　レオナルドは、古典の権威をみとめず、経験にひたすら拠って、その科学的思考を進めてきた。「多くの人々は、わたしの証明が二三の非常に尊敬すべき人物の権威にそむいている——かれらのあやふやな判断によればであるが——と主張すれば、それで合理的にわたしを非難しえたと信じている。やっこさんたちは、わたしの仕事が、それこそ正真正銘の先生である、単純簡単な経験の下に生み出されたものであることを考えない。」という手記をはじめ、いくらでもその例を並べることができる。だからわたしも、レオナルドのデッサンはすべて実物のスケッチであろうと信じてきた。ところが、かれのもっとも大きな仕事だった解剖図の中にそのことばを裏切る図がかなりまじっていることを松井喜三氏（『レオナルド・ダ・ヴィンチ解剖図集』）から教えられた。初期の解剖図がきわめて不正確であったことはやむをえないかもしれない。が、やがて、幾十体という人体解剖をこころみて、それを丹念にスケッチするようになると、今日われわれもその一部を見ることのできる厖大な量で、精細な、身体各部のデッサンがおこなわれる。もちろん、この場合も、絵画に自然性（リアリティ）を賦与するために手をつけたのであろうが、いつのまにか、人間機関の精巧微妙に驚倒して、その秘密をとらえるべく、解剖そのものに熱中したのであった。そのけっか、古代中世の伝統医学の権威の学説を破って、今日の批判に耐える正確な新しい発見を数多くしている。にもかかわらず、たとえばかれは右肺の静脈が心臓の右室につながっているように表現して、最後まで改めることがなかった。これは中世アラビアの権威アヴィケンナの学説に囚われていたためで、解剖された実物によって再検証しないですましたのであろう。これは一例だけれども、細部において、アリストテレス、ガレン、アヴィケンナ、モンデーノのような権威からついに離れることができなかった例がいくつも残っている。いや解剖を実際にみずから施行して、その肢体をスケッチしたのだから、人体の研究に過誤はごく少なく、あっても小さいといっていい。他の自然にたいしては、人体のように解剖することがほとんど不可能だし、実験の道具も設備もほとんど存在しなかったのであるから、目で見えるところを超えると、やはり古代の学説などに惹かれて、こっけいな空想になってしまいがちだったのもやむをえない。レオナルド・ダ・ヴィンチにして、そうなのである。というものの、この時代で、これほど広くかつ深く自然に迫った人間はいない。そしてその汎神論的な調和論をもっているにもかかわらず、東洋や日本の自然のとらえかた、迫りかたとぜんぜん異質であることが、レオナルドを読み返すたび、改めて思いしみる。

カワハギの肝

へそのある魚が伊勢湾近海に二種類いる。ボラ（小さいときはイナ）とキンカワである。キンカワはコノシロに似て、やや平ぺったい。学名メナガというのだろうか。キンカワは十二月ごろ不意に岸に近く大群をなして寄ってくることがあるけれど、このごろはあまり取れなくなったから、そのへそにもめったにお目にかかれないが、ボラの方は川口にも海にも棲んでいて、ほとんど年じゅう網にかかる。ただ川口や泥海のボラが泥くさくて評判がわるいのは当然だが、きれいな海のボラは脂がのって、洗いにしても（ときにはタイの刺身にばけることさえある）鯉こくならぬボラの味噌煮にしてもとてもうまいことを、ボラの名誉のために、いいそえておかなくてはなるまい、そのボラにはへそがある。魚博士によれば、肛門にあたるのだそうだが、形はへそにそっくりで、煮ると、こしこしと歯ごたえがよく、かつ一種の泥くささと苦味とがあって、酒の肴には最適だろう。数年まえ名古屋の居酒屋大甚で、溜り醤油でからく煮しめたボラのへそが肴の棚に並んでいたが、さすがに大甚だと思った。しかしその後は大甚でも見たことがない。いかにも田舎くさいごちそうである。

へそだけではない。たいていの魚は、目玉の周りについている肉が脂に富んでいてうまい。もちろん新鮮な魚であるということが第一の条件だ。目玉そのものは容易に噛み割ることのできぬほど強靱なもので、特別の味があるわけではないけれど、わたしの家では子供のときから魚はまず目玉とそのほとりのわずかな肉をせせり出して食べるように教えこまれてきたし、わたしも子供たちにそのように教えてきた。鯛の目の周りの肉は、天皇陛下が食べるものだと年寄りにいわれたものだが、うまいのは鯛の目玉だけではない。磯魚など、めんどうなら、頭からしゃぶれば、まぶたの脂とともに甘いつゆが出て来て、舌をよろこばす。

頭だけでなく、魚の臓物も、たいてい食べられるし、かえって肉よりも味がよいものだ。雌のはらご（卵）は、数の子、すじこ、たらこ、からすみだけでなく、どの魚のでも、甘味があり、捨てがたい。干したものより生のを煮るのが最高だ、イカの卵もタコの卵も。魚のそれよりややかたいけれども捨てがたい。白子ははらごほど微妙なうまみはないが、まずくはない。

アユやサンマやイワシについては、腹綿の入ったまま、焼魚で食べるのがふつうになっているから、その苦味を愛好するひとは少なくなかろう。わたしはカツオそのものはあまり好まないけれど、腹綿だけ魚屋でわけてもらって塩辛にすることにきめている。アジの腹綿も鰓と一しょに叩いて塩辛にすると、上等の酒の肴になるけれど、食べくらべれば、やはり、カツオの塩辛の方が脂肪が多くてうまみが多いような気がする。

しかし魚の腹綿は煮て食べるのが一ばんよい。七月八月のスズキの腹は、まっしろな脂でつまっていて、どの臓腑もうまい。腹綿のうちで、胆囊なのだろうか、小粒の黒い肝だけは取り除く必要がある。うっかりこいつをつぶしたら、何もかも苦くなってしまう。それ以外だったら、食べられるものなら何でも食べていいはずである。

もちろん、フグの腹綿は白子をのぞいては遠慮するに越したことはない。フグの卵や肝もうまそうだが、わたしには命と引き換えてもいいという決心がつかない。フグのほかに、サバの腹綿にもごく徴量だが、猛毒な要素がまじっているらしい。というのは、大戦末期に、軍当局は大量にサバの臓物を買い集めたが、専門家の説明によると、サバの腹綿に含まれている猛毒物質を抽出して、米軍の敵前上陸がおこなわれるさい、わが軍退却に先立ってナシの実などにその毒を注射しておく、と、食いしんぼのアメリカ兵がその果物を食べれば、一ころだというのである。それ以来、わたしはサバの腹綿は敬遠することにした。アメリカ兵の身代りに一ころにゆきたくないからであった。

フグとサバをのぞけば、魚の腹綿はだいたいうまいものだ。とくに肝臓は、牛のレバーや鶏の肝に似ていて、かすかな苦味があるだけでなく、シュンのころは脂がのっていて、甘味まで感じられる。一ばん有名なのはアンコウの肝で、アソコウ鍋は、専門の料理屋まで成り立っている。

しかしあらゆる魚の肝の中で一ばん味のいいのは、カワハギの肝ということに落ちつくのではあるまいか。カワハギは、鱗がザラザラの小鱗化して、いわゆる鮫肌で厚く、その青みをおびた皮を剥いで食べるから、その名がつけられたが、同じ仲間に顔の長いウマヅラもいる。しかしわたしの地方では、分類学的には科を異にするが、やはり角甲質の皮を剥いで煮るギマの中にカワハギを含めて、ともにギマと呼んでいる。ギマの方がカワハギより細長く白っぽいけれど、白い淡白な肉といい、甘味のある肝といい、同族といってもいいくらいだ。ただ、ふたつを比べれば、カワハギの方が肉も肝もいくらか上等らしく、ふつうのギマにたいして漁師はこれをモチギマと呼んでいる。モチという形容詞は餅肌、モチ粟（粟の中で上質のもの）というように、しっとりとしてうまみが多いことを示しているのであろう。

ところで、このギマ類は、八月末になると五、六センチの小さなのが、ザザ（マダイの一年子）とともに打瀬網にいっぱい入って、肥料にされる中から、いくらか大きめのを拾い出して食べたものだ。そして十月末には十センチあまりに成長する。肉はまっしろで、淡白であるが、洗いにすれば、上等の洗いができるし、煮ても白身の魚らしく飽きが来ぬ。その腹には、からだに比例すれば、かなり大きな肝が入っていて、この肝のために、わたしは魚屋の店さきでまずギマを探すのである。甘煮にしたギマの肝は、お多福豆くらいの大きさだが、このやわらかな肝が口でつぶれるとき、とけて舌にひろがる脂の甘さは、魚のうちでもっともうまいものの一つではなかろうか、

ところで、こんなに体も肝も大きくなり脂も乗ったとおもうと、ギマもモチギマも伊勢湾ではとれなくなってしまう。水温が低くなるので、温い太平洋へ出てゆくのであろう。秋もわずか二、三ヵ月の味である。

しかし冬に、名古屋の大甚へゆけば、カワハギの煮付けが皿に載っている。太平洋でとれたものであろう、その大きさは二十センチもあり、中皿から頭と尾がはみだしていた。身はややしまりがわるくなって大味だったが、大きく肥大した肝はやっぱりギマの肝にちがいなかった。

しかもこの二、三年、春から夏にかけて、伊勢湾でもカワハギがよく釣れて、魚屋にも並ぶようになった。このころには、腹に卵をもっていて、肝と卵と一挙両得というわけではあるけれども、じっさいには身のしまりがなくなってもろいだけでなく、肝心の肝そのものも、秋の肝のような充実した

うまみをもたず、ちぢんで何となくかすかすしている。食べられぬほどではないにしても、秋の小さなギマをおもうと、ウドの大木と思わないわけにはゆかぬ。たぶん、この大きなカワハギは昔から春とともに伊勢湾に入ってきていたのだろうが、魚のふんだんにいたころには、シュンはずれのギマなど相手にするものがいなかったのだろう。だからわたしはギマは八月から十一月までしかとれないものだと長いこと信じきっていた。

田所太郎のこと

田所太郎と出会ったのは、東大時計台の地下室（裏からいえば一階）の帝大新聞編集室で、昭和九年四月のことである。二人ともこのとき大学新聞編集部に入ったのであった。そのころは東京大学ではなく、東京帝国大学だったが、その新聞は『東京帝国大学新聞』ではなく、『帝国大学新聞』略して『帝大新聞』といった。というのは、その新聞は単個の東京帝大の新聞ではなく、各大学・各高校に通信員を置いて、総合新聞をもって自任していたからである。新聞そのものも週刊とはいえ、八ページ建てから、後には十二ページ建ての一流新聞並で、各欄を一人または二人の編集者が担当していた。というものの、社長や広告部以外、編集員はいずれも東大生から成っていた。毎年四月に新入学生から募集されたから、新しく採用されるのは一年生に限られていたのに、私は国文学の講義のつまらなさにあきれはてて、将来新聞記者になろうかと思いついて、高校の先輩にたのんで、二年生で編集部に採ってもらうことができた。田所は一年生だが、編集者としてはわたしと同年だったのである。

その田所太郎と出会った最初の印象は、へえ、何という色男だろうということだった。丈は中背よりやや高く、色は白く、目鼻立ちの一つぴとつがはっきりしていて、「梅ごよみ」の丹治郎が草双紙から抜け出してきたみたいだった。すこし後で、かれが東京の京華商業を卒業して松江高校に入ったものの、松江芸妓にもてて、宍道湖上にボートを浮べて遊んでばかりいたために一年落ちたんだという真偽定かならぬうわさを耳にしたとき、田所ならそうだったにちがいないと、わたしはすぐ信じたほどである。ともかく帝大新聞社には三年生に扇谷正造というそそっかしく忙しい男、わたしと同じ二年生には田宮虎彦、花森安治、岡倉古志郎、石神清などがいたが、田所は松江高校で花森安治と同級生だったのだから、高校でいわゆる落第したことにまちがいなかった。

大学新聞の仕事の中で田所太郎はあまり目立たなかった。かれはポツリポツリとあまり能弁でなく発言したが、才気換発型や論理整然型の多い編集会議ではとかく無視されがちだった。同じ高校でかつて同級生だった花森安治とくらべて、どうも煮えきらぬという感だった。田所だけでなく一年生全体が、二年生に圧倒されて目立たぬ存在だったといっても言いすぎではなかった。

ところでこの帝大新聞社の構成は奇怪きわまるというよりも曖昧千万だった。発行部数三万とか五万とか称していたのに、形はあくまで東大付属の学生新聞にすぎず、編集者は学生のアルバイトで、一年生五円、二年生十円、三年生十五円の手当をもらって、週の三日どころか、ほとんど毎日出勤しなくてはすまなかった。がその経営権は、新聞を創刊した「親分」久富達夫氏――東京日々新聞（毎日新聞）編集長をしていた、戦後は陸連や日本オリンピック委員長をつとめた――、その後継者の「団長」奥山信一氏、さらに編集と広告の責任者「社長」野沢隆一氏の三人に掌握されていたようである。

昭和九年には、帝大新聞は教養紙として売行きがよいので、八ページ建てを常時十二ページ建てに増ページしようとした。が編集者の定員増加がおこなわれず、今までの定員のままで増ページということになった。たまたま三学期のことで、法経の学生は試験勉強のために編集会議や原稿集めに参加しないでよいという内規があったので、増ページの重さはわずか十名たらずの文学部系編集員の肩にかかってきた。岡倉、田宮、花森等が中心となって、編集者の増員、待遇改善等の要求を野沢社長に出して交渉をはじめた。が、ストやサボタージュの戦術をとらず、忠実に編集を続けながら根気よく交渉するというやりかただった。毎日、二年生一年生のほとんど全員が集って対策を協議したが、私はくわしい内情がわからぬまま、田宮たちについていくだけだった。田所も私と同様で、花森についていったのであろう。交渉が長びくにつれて、仲間を裏切って社長側につくものがあらわれたし、岡倉のように編集部側の中心活動家S君のフィアンセと恋愛し（やがて結婚し）たため、田宮や花森から絶交に近い扱いをうけて脱落したものもある。私は詳しいいきさつはわからぬながら、アルバイトということで安く働かされる学生の不満や経営者側との対立にいくらか興味をもっていたが、田所はそういうごたごたを有難迷惑と感じていたのではなかろうか。しかし最後的にはこちら側の要求がほぼ通ったようにおぼえている。

昭和十年十一年は思想弾圧がきびしくなって、美濃部達吉博士の天皇機関説が攻撃の的にされ、美濃部博士が右翼に襲われる事件も起った。美濃部博士は帝大新聞の創刊以来顧問をずっとしていて、先輩を含めた銀杏クラブの総会にはたいてい顔を出したから、大学新聞編集部はかなり緊張して美濃部博士の擁護に努めた。また、自由主義者の見本のように見られていた経済学部の河合栄治郎博士が、軍と右翼の圧力によって教壇を退かざるをえなくなったとき、告別の挨拶をしたが、大教室は学生で埋まり、窓に乗って聴くものも少くなかった。大学新聞の編集室も興奮に包まれていて、大部分が傍聴に出かけ、やがて河合博士のみごとな演説からうけた興奮を体に保ったまま帰ってきた。フィヒテの「ドイツ国民に告ぐ」に匹敵する名演説だったと口々に感歎しながら。そしてその講演筆記は帝大新聞の一ページを占めて発表された。次いで二・二六事件も突発した。が、田所はそういう政治的事件に強い関心を示さなかったようにおもう。むしろ悲しげに眉をひそめて、どうしてこんなに興奮したり、老人たちを殺したりするのだろうと困惑しきっているように見えた。

すこし前、田所と夫人とのプライベートな手帖を復刻した「童唱」の恵送をうけたが、わたしはそこで田所と田所夫人とが、ややたどたどしさの残る和歌や俳諧をもって唱応している姿、そしていかに二人のあいだにこまやかな愛情が通いあっていたかを、目を見張るような思いで読んだ。そして自分がいかに田所について何も知っていなかったか、思い知らされた。

私は田所夫人に一度も会っていない。田所がいつごろ結婚したかも知っていない。花森安治の場合はまだ在学中に松江の古い呉服屋さんの美しいお嬢さんと結婚して、大学新聞編集部一同、新家庭に招かれてごちそうになったから、よく記憶している。花森の新家庭で灰皿として出されたのが、どれも大学新聞編集会議の晩よく注文して配達させた中華料理屋の酢豚用の皿だったことも、ひどく印象的だった。田所も松江美人と結婚したのかと思っていたが、どうもそうではなかった。いずれにせよ、田所らしくひっそりと地味に結婚式を挙げたのであろう。そのうえ、大学を出てから、時局はけわしくなり、お互に生活もちがって、一年に一度か二度銀杏グラブの会で顔を合せるくらいだったろう。

私の記憶に残っているのは、三省堂から創刊される雑誌『革新』の編集長としての田所に呼ばれたことだ。どこでどんなごちそうになったかはおぼえていないが、そこには外務省の嘱託をしていた福井研介の顔もまじっていた。新雑誌に世界の動きの執筆を依頼するために集められたのであって、外務省の嘱託が中心だった。わたしはイタリアの新聞から翻訳しようとしたが、Monacoという地名に悩まされたあげく、ヒットラーとムッソリーニとチェンバレンが会談したミュンヘンのイタリア称呼であることに気がついた。ミュンヘン会談だから一九三八年のことだったにちがいない。しかしわたしは一回しか執筆しなかったし、雑誌そのものも一年たたずしてつぶれてしまった。

それから間もなく、田所は創刊された『日本読書新聞』の編集にたずさわることになった。大学新聞編集室の片隅でいつも鼻毛を抜いていた野沢社長の推薦だったときいている。

わたしは汗かきで、夏になると、本郷菊坂の下宿の二階で暑さに喘いでいた。蒲団の上ではむしむしして眠れないので、畳の上に裸でころがっている夜が多かったが、畳の目が体につくだけでなく、畳のあいだの塵や埃まで汗とまじって体にはりつくので、新聞紙を二枚並べてその上に横になると、寝返りを打つごとにごそごそ音を立てることを別とすれば、蒲団の上で眠るよりはるかに清潔かつ快適だった。とはいえ、一晩のうちに汗が紙にしみこんで黒くなり、二晩とは使用できなかった。ところがそのころは戦局が進んで、新聞も四ページは朝刊だけで、夕刊は二ページ建てになっていたから、たちまち寝床に足りなくなった。そこでときどきお茶の水あたりにあった読書新聞の編集部へ赴いて、「新聞をくれたまえ」と田所にいうと、「ああ、いいとも。好きなだけ持っていってくれ」と田所は気前よく答えた。読書新聞は四ページだったので、わたしの寝床にもってこいであった。しばしば読書新聞をもらいにいったら、あるとき田所は「明平さん、熱心に読んでくれてありがとう」とお礼をいった。私もうそをいうわけにはゆかず、「じつは四ページあるので寝床にするのでね」と答えた、そのとき、田所がどんななさけなさそうな顔をしたか、今もはっきり目に浮んでくる。田所は心をこめて読書新聞を編集していたのだ。

それ以後は、新聞を読むためにもらおうとすると、いかにも情ないように「明平さん、また寝床用か」と声に出していうのであった。

やがて大東亜戦争がはじまり、私は日本出版文化協会に入ることになった。というのは出版文協はすでに機関紙となっていた『日本読書新聞』と並んで、書評専門雑誌を発刊しようということに決定、私は編集長として迎えられたのであった。このころ会長飯島幡司、文化局長田中四郎、総務課長古賀英正（後の南条範夫）という顔ぶれで、自由主義的色彩が強かった。私はアララギの歌人だった田中四郎氏に引っぱられて雑誌創刊を手伝うことになったが、顧問大熊信行、編集員には神田隆、柴田錬三郎がいた。協会の本部は神保町の冨山房にあって、石母田正や武田泰淳なども本の査定に従っていたが、私たちは分室で駿河台の広い庭付の屋敷の中に陣取っていた。しかも襖一枚を距てて読書新聞の編集室があった。田所とは久しぶりで隣付合いになったとはいうものの、こちらは毎日昼近く出勤、柴田の猥談を中心にゲラゲラ笑ってばかり。向うは生まじめに原稿を取り校正をしていて、めったに笑い声などきこえなかった。どうもしっくりゆかなかった。

もっとも私たちの雑誌は『書評』という題名もきまり、三号分の原稿がほぼ集ったにもかかわらず、ついに陽の目を見ないでしまった。というのは、古賀課長も私も役所や役人との交渉経験がなかったので、まず雑誌の企画をほぼまとめてから、警視庁の図書検閲課に事後報告に出かけたが、それが担当の頑固そうな老警部補の癇にさわったらしく、その後、田中文化局長その他が再三再四諒解運動を試みたにもかかわらず、ついに発行の許可が出なかった。そうこうしているうちに、自由主義的色彩のある飯島会長が退かされるとともに田中局長、古賀課長もやめて、出版文化協会は日本出版協会に改組され、真の出版統制機関となった。そして会長には、帝大新聞の親分久富達夫氏がなり、新聞と雑誌の責任者としてやはり帝大新聞の先輩（顔を見るのははじめてだったが）福林正之氏が登場した。久富氏は太っぱらで自由主義的傾向をもってはいたものの、言論報国会等の成立する時世で、私たちの当初考えていたような雑誌を応援できっこなかった。もはや文化協会ではなかったのだ。

私はぜんぜんやる気をなくしてしまった。四人の編集員のうち、三人はやめて新しい方向に進み、柴錬さんだけが読書新聞に吸収された。私は一人だけで、午後だけ二、三時間出て、油を売って引揚げた。福林氏ももてあまして、何とか私をなだめすかそうとしていたけれど、もはや私の働く場所でないことを私じしんがだれよりもよく承知していた。直接、久富親分のところへいって相談すれば、身の振りかたもわるくなく決定しただろうが、私はあえて久富氏に会おうとしなかった。田所はこまったように悲しげに私のわがままを見ていた。もちろん、定期昇給のときも私一人だけ昇給しなかった。

そのように月給だけもらってもとの書評誌編集室でぶらぶらしていたが、出版協会の本館から暇のある連中がしょっちゅうやってきたので、だべる相手に不自由しなかった。読書新聞の編集者にも悪い影響を与えることを、福林氏は憂慮していたようである。

ところで、この分室の二階は四、五十人用の会議室になっていて、重要な会議はたいていそこで開かれた。私の「書評」誌のプランが、図書検閲の主といわれていた例の頑固そうな老警部補に、こてんぱんにやっつけられたのもその室であった。

その日は、陸海軍の情報官（?）、警保局と警視庁の図書検閲課長と、例の老警部補に出版協会の会長以下各部課長が出席して、出版界の動向が報告され、戦争協力体勢の進め方などが論じられる定例会議がひらかれていた。私はもはやそういう会議に出る必要がなかった。が田所は、福林氏といっしょに出席するのが常であった。

本館からだべりにきた仲間たちと私がだべっているさいちゅう、突然階段をガタガタと激しい勢いで駆け降りてくる足音がきこえて、襖が開いた。「どこだ、電話は？　電話だ」と、例の警部補が血相変えてどなった。読書新聞の電話を教えると、警部補が「『改造』何月号、一冊残らず押収だ。直ぐだ」とわめくように指示しているのがきこえた。

しばらくして一時休憩となったのか、二階からどやどやと出版協会の課長たちが降りてきた。その人々の話を総合すると、会議の途中、田所が「この論文など、どうでしょうか」と『改造』何月号（資料を調べれば、年月も論文の正確な題名も判明するはずだが、今はそのときの雰囲気を伝えることだけに記述を絞りたい）の巻頭論文、細川嘉六氏の「東亜共栄圏の理念と何々」（?）を陸軍の情報官に示した。その陸軍少佐は、細川氏の論文に目を通すと、真赤になって、「何だ、これは。アカの、第五列の論文じゃ。こんなものを見逃すとは警察の検閲は何をしとる。よくよくたるんどるじゃな。なっとらん」と、どなりつけた。若い課長と老警部補は色を失ってしまった。そして警部補が階下にかけおりて、『改造』の発禁押収を指令したのであった。

私たちは傍観していたが、何かまずいことになったなあという不安をおぼえた。田所は陸軍少佐を挑発するつもりではなく、あの御時世では道理にかなった論文として推賞する気だったらしいが、うらはらの結果が生れたのであろう。細川嘉六や『改造』『中央公論』の記者たちが大量に逮捕され家族までが特高によって拷問をうけることになったのは、もっと後のことであるが、しかしこのときから特高にねらわれだしたような気がした。私たちが「まずいことをしたな」と直観的に感じたことは、そういう弾圧の予感だったかもしれない。

田所は、大学新聞の紛争のときにも、仲間に引っぱりこまれて、迷惑そうについて廻っただけだったが、昭和十年前後のインテリを震撼させた思想問題にたいしても深い関心をもっていなかった。この細川論文事件が起ったときも、別に深刻な意味にとっていなかったように見えた。ただ陸軍情報官と特高警部補の反応の激しさにおどろいたことはおどろいたらしく、福林氏といっしょに下に降りてくると、福林氏が編集室に遊びにくる人々に、「今日はえらいことが起ってなあ」とやや得意げに一幕を報告するのに、田所も「あんなに興奮するとは思いがけなかった」と合槌を打っていた。

福林氏は遊んで月給をもらっている私に、読書新聞編集の手伝いをさせたがっていた。が私は読書新聞がもっぱら時代の流れに乗って、皇道経済学だの、日本浪曼派の亜流の文章をよろこんで載せるのにあきたらなく、手伝いなどする気にならなかったのである。隣で見ている私には、田所の編集方針が歯がゆくてたまらなかった。

が、今にして思えば、私は田所をも時代をもまったく理解していなかったのである。聖戦の目的や皇軍の使命など時局におもねる用語をもって粉飾して、ひたすら論旨を曖昧化するに努めた細川嘉六の論文すら陸軍の代表を激怒させ、特高警察を憤慨させた時代に、私の期待するような文章が掲載できたであろうか。私設思想検閲官がうようよしていて、鵜の目鷹の目、小さな文章のはしくれまでも監視し、怪しき思想でもまぎれこんでいようものなら、さっそく摘発しようと手ぐすね引いて待ちかまえていたではないか。自由主義も共産主義も同質の敵性思想と見なされ、しばしば特高による弾圧の対象となっていた。私は、そのころひそかにマルクス主義の本を読んで感動していたから、そのものずばりは発表できなくとも、それに近いものを待望せずにはいられなかった。が、そんな思想を公表できるはずがなかったし、編集者としてそういう危い考えを含んだ文章を依頼できるはずもなかった。そういうできるはずもないものを田所に期待し、それがみたされないからと田所に不満をもち、田所に批判的態度をあらわに示したのは、私のわがままにすぎなかった。私の『書評』が発行されていたら、じきに弾圧されるか、それとも皇国主義に屈伏を余儀なくされていただろう。

もうひとつ、血気さかんな私の見落していた大事なことがある。それは田所の『日本読書新聞』にたいする愛着心であった。私は、「読書新聞くらい何だい、つぶれたってどうしたってかまいはしない」というくらい簡単に考えていた。が、田所にとって『日本読書新聞』は、私にとってと全然ちがう存在だったことに、そのころはいささかも思い及ばなかったのである。田所にとって、『読書新聞』はわが子のような存在だったと今になって思いあたる。

　昭和初年にはタブロイド型の書評紙が二、三種見られないではなかったが、それらは二号か三号で姿を消したし、内容的にもどこか小さな出版社の宣伝用にすぎなかったように記憶している。『日本読書新聞』がだれの資本、だれのイニシヤティヴで創刊になったか、私は知らないし調べてもいない。が、田所が編集責任者として発刊し、ずっと育ててきたことだけは事実であった。かれが産み育てたといってもけっして言いすぎではない。それはやがて日本出版文化協会の機関紙となり、次いで日本出版協会の機関紙となった。週刊とはいえ、日本ではじめて成功した書評新聞ではなかったか。田所の苦労といつくしみによって、つつがなくこれまでに成長しえたのであった。そして今や幾歳になったか、調べてみなくては正確な年齢はいえないが、ともかく数年をけみし、他の出版物が紙の配給をもらうために躍起となっている折から、紙も確保されて一人立ち、一人前になっている。自分が産み、手塩をかけて育てた『日本読書新聞』に危い橋を渡らせるような真似を、ぜったいに田所はしたくなかったのである。もともと思想問題に無関心だった田所には、『日本読書新聞』が、はげしい変転を示しているその時々の政治権力のイデオロギーに順応しても差支えなかった。いずれ世の中が変れば、その時々の体制に従えばよかったからである。それは田所の奥底に横たわっていた庶民性だったかもしれない。庶民というものは、その時々の権力者に適当に対応し順応して生きのびてきたものなのである。田所は本能的に『日本読書新聞』の永生と存続とをねがっていた。自分が日本ではじめて一人前に育て上げた読書新聞はどんなことがあっても生きのびさせたかったのに、生みの痛みも育ての労苦も知らぬ私から非現実的な注文をつけられることは心外だったにちがいない。かれが福林氏と組んで、時の流れに乗って流されるにまかせたのは、『日本読書新聞』かわいさだけではないとしても、その気持がかなり大きく働いていたような気がして、ならないのである。

私は間もなく別の、徴用のがれの職を見つけて、出版協会をやめた。田所に会う機会もほとんどなくなり、その消息さえ杜絶えてしまった。田所が召集されたことさえ耳に入って来なかった。

敗戦後、私は田舎から上京すると、ときたま『日本読書新聞』の編集部をのぞいた。はじめのころは柴田錬三郎が、戦時下ついに陽の目を見ないで終った『書評』の編集発行を承っていたので、柴田をたずねて、文壇の四方山話をきくためで、そのついでに田所のところをものぞいたけれど、私は福林氏や田所にたいしてまだ釈然としない気持をもっていた。いや、それよりも戦後は忙しくあわただしすぎて、読書新聞など相手にしている余裕がなかったというべきかもしれない。というものの、私は読書新聞のために二、三枚の書評をずいぶんよく引受けて書いたはずである。ただ田所については、私はかれが酒飲みということさえ知らなかった。大学新聞の時代にも、出版文化協会時代にも、田所があまり飲んでいるのを見たことがなかったからである。それに、田所の性分として酒を飲んでも酔払ってさわいだり、翌日昨夜の失敗を大声でしゃべり廻るというようなことをしなかったから、酒好きが目立たず、私も気づかなかったのであろう。上京しても飲めない田所を相手にしても仕方がないと、ほとんどかれを訪ねなくなった。が、あるとき、だれからであったか、たぶん読書新聞の編集者の一人からであろう、田所がよく飲むときいたので、そのうち引っぱりだしてやろうと私の上京のもくろみの中に田所を加えていた。

そして運よく、神保町の古本屋の通りでばったり田所に出あった。「久しぶりだなあ。そこで一ぱい飲もうか」と、私は電車のレールの向うにあるランチョンにさそうつもりだった。そのころ私はビール党だったし、上京しても午後四時以前はアルコールを口にしないことを立て前としていたが、その日は久しぶりの出会いだった。が、田所は、例のこまったような顔になって、「じつはそれができないんだよ、明平さん。胃を切ってから三月もたっていないのでねえ。悪いなあ、明平さん」と弁解した。

私は田所の奥さんともお嬢さんとも一度も会ったことがないように、田所とプライベートに交際しなかったし、また、田所がどうして手塩をかけて育てた『日本読書新聞』をやめて『図書新聞』を創刊したのか、詳細については何もしらない。ただ何かの事情で『日本読書新聞』を退かざるをえないことになったが、書評新聞にたいする愛着心を絶ち切ることができなかったのであろう。書評新聞の編集はそれほどまでかれの骨身にしみこんでいたように思われる。もともとあまり得意ではない経営の重い責任まで背負いこんだほどだから、決意というよりも執念だったにちがいない。

かなり後のことだが、東京へ出たら会いたいというので、牛込の雑誌クラブで会ったところ、田舎の信用金庫から融資してもらえないかと、自宅を抵当とする書類などを託された。『図書新聞』の部数についてはたずねる気にならなかったが、『日本読書新聞』のほかに『週刊読書人』も出ているのだから、狭い分野を三つに分けあっているだけでなく、業界の強力なバックをもたぬ経営者として田所がいかに苦しんでいるか、その苦悩だけは察せられた。とはいうものの、金を借りる手だてをまったく知らぬ私にはどうしようもなかった。せっかくの期待をみたすことができないでしまった。

その前後のこと、『朝日ジャーナル』で「ベストセラーズ物語」という連載の企画が取上げられて、企画編集スタッフに尾崎秀樹・星野芳郎等の諸氏とともに田所も私も加わることになった。毎月一回集って、書目を選定、執筆者をきめたが、執筆者はごくわずかの例外をもって、スタッフが順次分担した。ただ田所だけは、一冊の本ではなく、二月に一回、戦後読書界の動向を概観する役を自ら買って出た。この本(『戦後出版の系譜』)第二章に収められた「戦後出版の流れ」がそれであるが、さすがに戦後ずっと書評新聞の編集にたずさわっていただけに、普遍妥当性に富んだ目で出版界の推移がとらえられている。

この月例会は、朝日の八階アラスカで開かれることにきまっていた。が私としては、大学新聞編集時代以来、久しぶりに田所と心おきなく話し合う機会にめぐまれたのであった。出版文協時代にははじめからしまいまで何かわだかまりが消えなかったけれど、今度はお互に何の野心も欲もなく、本のことを語ればよかったからである。ただ田所は手術以後アルコールを節制していたから、二次会三次会と付き合って、飲みかつしゃべるということができないのが遺憾だった。

アラスカの一室で食事がはじまろうとすると、田所は「ちょっと」と遠慮勝ちにジャーナルのデスクに声をかけるのがつねだった、「ギネスがもらえないかなあ」と。ギネス二、三本にビールを注ぎたして、いかにもうまそうに飲んだので、私もその集りでは同じようにギネスとビールとをまぜて飲んだし、たまたま汽車の食堂車に入るようなことがあれば、必ずスタウト一本にビール一本を注文して、まぜて飲むようになった。田所の飲みっぷりがあまりにもうまそうに見えたから、つい真似をするようになったのである。

この編集会議は、一度は大阪で船場料理、最後には京都のスッポン料理を食べながら、おこなわれた。が胃を切りとった田所には、あまりごちそうではなかったかもしれない。今、その晩の田所を思い出そうとしても、どうしてもその姿が浮んで来ない。あるいは欠席したのかもしれない。

私はかれの奥さんがなくなったことを知らなかったし、その奥さんとの心の結び付きがいかに深いものだったかをも「童唱」を読むまで知らなかった。噂によれば松江ですごく芸妓にもてたという美男子の田所に私が知っているかぎり、一度も艶聞らしいものがなかったのがふしぎでならなかったが、そのわけもわかったような気がした。そしてこの本の「神田村」の中で、

「妻を失うと肩が落ちるという。『先日タクシーに乗って年配の運転手君と四方山話をやっていたら、その運転手君がふと、だんなのお連れ合いはお元気ですかと訊くんだ。やっぱり解るのかねえ』といって笑ったのは、これも四年ほどまえに夫人を亡くした知人である」

というのは知人に託した田所じしんであろう。また「独餐」と題する一ページ少々の短い文章にも、妻を失ってスタウトを飲む孤独な姿がくっきり描き出されている。

私は田所がなぜ自殺したか、知らないが、こういう文章を読んでいると、文章の底から絶望的な孤独感が靄のように湧いてきて、私を包む。六十すぎて女房を失うほど救いようのないことはないにちがいない。同年輩の友人として、田所が自殺せずにいられなかった気持がかすかながら、つたわってくるような気がする。

そういう惻々たる文章だけでなく、この本に収められているのは、どれも田所がもっとも田所らしい気分で書いたものばかりといってよい。かれは出版の世界を愛していた。この本のどのページを

切ってみても、その気持が噴き上げてくる。出版人についても本についても、かれはよく知っていたが、けっして悪口をいわず、その人のその本の美しい部面だけを歌うように語っている。とはいうものの「出版界でもいたずらに排気ガスや騒音をふりまく自動車やジェット機がふえすぎたのである。それはそれとし、もうそろそろ、本らしい本をきぱっと選び、そういう本が選べる仕組みを考えようではないか」というような提言に目がふれると、私は共感しながらも、田所は手づくりを愛する古風な人間で、けっきょく戦後も新しい時代ほどなじみにくかったのではないか。あまりにも律義で、書評新聞競争にさえ勝ちぬきうるかどうか怪しかったなあと思わないわけにはゆかない。

雑草世界の近代化

雑草のようなという形容詞がある。雑草のような人間といえば、まずまともな人間社会から脱落したとまでいえないとしても、かなり低い地位にあるものを指すとともに、下積みながら踏みにじられてもしいたげられても、じっと耐えて生きぬいてゆく人々をも思い浮かべるのではなかろうか。雑草という二字の中には邪魔っけで役に立たぬという軽蔑とともにうるさくて手ごわくて厄介だという若干恐れ憚る気持ちとがまじっている。

それではその雑草とは何か、といえば、人間が食用、衣料、愛玩用等に栽培する草以外の草、つまり人間にとって役に立たぬ草のことである。樹木の方にも雑木といわれる木がある。これにも役に立たぬという意味もいくらか含まれてはいるけれど、利用法によって、燃料や細工物の原料になる種類もまじっていないではない。むしろ種々雑多な木という意味合いが濃く、雑草のように役立たずのろくでなしというようなムードは薄い。役に立たぬ草は人間の邪魔もの、耕作の害になるだけなのに反して、棘のある木を別とすれば、どんな役に立たぬ木も薪木として燃料として人様にたいして最低の勤めを果たすからであろうか。

しかし、雑草といっても、その草じしんが「私は雑草でございます」と名乗ったわけでないこと、むかし最も安い魚だったニシン、カズノコが最高級の魚に見なされるようになったのに、イワシやサバが依然として大衆魚としてとどまっているけれど、ニシンが「私は高級魚に変身しました」と宣言し、イワシ、サバが「私は大衆魚のままでけっこうです」とみずからへりくだったせいでないことと同然であろう。魚じしん、草じしんが「大衆魚」、「雑草」と自ら称したのではなく、人間どもが自分の都合に従って、勝手に付けた名前にすぎない。魚も草もそれじたいとしてはすべて平等で、雑草と野菜、大衆魚と高級魚との差別などありはしない。

わたしたちは畑に植えられている草を見ると野菜と思い、はぐれて生えている草を雑草と見なしている。庭の草花についてもほぼ同様であろう。しかし野菜、草花もしくは庭木や棉のような栽培植物と雑草とは、大昔からそのように劃然と区別されていたであろうか。もちろん、いなである。

大むかし、原始に近いころ、人間は野山に自然に生える草木の実や葉や根を採集して食べていたことはどんな簡単な人類史においても述べられている。そのころはたぶんどんな草もみんな雑草といってよかった。がそれらの自然生えの草の中から実の多く大きくつく種類のもの、やわらかで甘味や辛味や特別のにおいのあるものを選んで、種子を蒔いたり、植えたり、すなわち栽培するようになった。それより数千年が経過するうちに稲や麦のように栽培植物として固定したものもあるけれど、ある雑草は穀類、野菜に引きあげられたが、好みの変化や新しい栽培品種の開発などのために耕地から追い出されて、元の雑草に舞いもどったものも少なくない。そうかと思えば、アフリカのサバンナ地帯では、今でも湿地にひとりでに生えて実を結ぶ原始的な稲の穂を刈り集めるのはまだしも、エノコログサに似たイネ科の草の実を採集して主食に宛てているという。その草をじっさいに見た人の話によると、まったく日本のエノコログサそっくりで、その実の粒はエノコログサの粒よりもっとこまかいが、それでも丹念に集めて主食にしているというのである。雑草から穀物用の草に出世する途上にあるよい一例といえよう。

ついでにいえば、エノコログサはネコジャラシともいって、麦に似た穂で毛が生えているから、一昔まえは子供たちがその穂で相手の首や頰を撫でてくすぐったがらせ合ったものだが、雑草として生き強く繁殖力旺盛で、畑作りには今でも難物の一つである。しかし種類も多く、穂もかなり大きいから、ひどい食糧難でもおこったら、その小粒の実の中から澱粉だけを取り出して食べることにならないとはいえない。もっとも他の穀類の品種改良が大いに進んでいるから、今さらエノコログサでもあるまいが、雑草と栽培植物の境は地域や文明度によって異なるのである。

反対にごく近年穀物から除名されたものとしてヒエをあげよう。ヒエははるかな大昔から重要な穀物の一つで、稲の育たぬ田や麦のできぬ山畑でひろく栽培された。モチビエという改良種までつくり出されたことが作物としての重要性を何よりもよく示している。遠州の秋葉山から三河の鳳来寺にぬける山の中で、オランダ画家として知られた司馬江漢が弁当の握り飯を食べていると、そばで孫をつれた老婆がこれを見て「江戸に生まれたかたは羨ましい。そんな米が食べられる。自分たちは、山の中で一生ヒエやアワに木の芽やドングリをまぜたものしか食べたことがない」といったので、江漢は残った握り飯を子供にやったら、上等のお菓子でも食べるように食べたという。おそらく、遠三の国境いあたりのことであろうが、山村ではヒエは主食だった。じつはわたしは、子供のころ一度だけヒエを食べたことがあったような気がする。自分の家でなかったことはたしかだが、どこでどういう機会に食べたかという点になると茫漠として何も思い出せない。そのころアワという穀物があったが、そのアワ粒よりもっとこまかで、アワよりも灰いろがかった黄いろな粒々で、ねぼりも甘味もないポソポソして咽喉にひっかかりそうな気がしたようにおぼえている。がその記憶もたしかではなく、後で自分でこしらえたものかもしれぬ。ともかくヒエというのが、けっして食欲をそそるような食物でないことだけはまちがいがない。

がしかし少なくとも江戸時代末までは、山村においては主食に近い役割、農村でも補助的主食あるいは保存食糧で、天災や冷害のために飢饉のおそれがあるとき、領主たちは領民にヒエを蒔くことを命じるのが常だった。ヒエはきわめて強い穀物で、かなり悪条件の気候の下でもよく成長し、よく結実したから、いわゆる救荒植物の第一に位していたのである。

昭和もはじめまで、山村では、まだヒエを栽培するところが少なくなかった。が戦時中、配給制度ができて、米があらゆる山奥までゆきわたるとともにヒエの栽培は急速に衰退していって、戦後十数年でほぼ完全に消滅したらしい（今では観光客相手にヒエ飯を食べさせるところがある由）。栽培はやめになっても、ヒエそのものが消滅したわけではない。ヒエは稲田に潜入、稲のための肥料をたんまり吸って、植えた稲のあいだでたくましく育つようになった。田草取りの中でも主要な敵はヒエであったこと、田をつくったことのある人々はみんなご承知のとおりである。ということは、ヒエは穀物の地位を追われて雑草仲間に身をおとしたということにほかならない。

このように雑草と野菜等々栽培植物との間には入れ替えがしょっちゅうおこなわれている。

そういう意味では、すべての雑草は栽培植物の候補者であり、今作られている野菜等々もいつ雑草におとされるかわからない。もっとも一度人手にかかり改良された植物はひよわになっていて、雑草として生きのびる力をもっておらず、たいてい滅び去るものだが、改良種の中にも牧草類のごときは栽培によって一段とたくましさを増したようだ。牧草のイタリアン・ライグラスやオーチャード・グラスは、主として厩堆肥にまじって牧草畑以外の一般の畑にも進出しているが、しなやかで牛でなくても食べたいような葉だなあと油断していると、たちまち白い根をまわり一めんに張りめぐらして巨大な株になり、手で引っぱったくらいではぜんぜんお感じがなく、備中鍬を振って根こそぎにしようとすれば、鍬のさきがへなへなとまがってしまう。ススキの草むらみたいなものだ。こういう草なら自分の畑から脱出しても、雑草として堂々と胸を張って生きてゆけるであろう。

とはいうものの、畑や道端で、雑草の栄枯盛衰を見ているうちに、一つの傾向がはっきり感じとれる。というのは、日本在来の雑草がいたく減って、そのかわり、舶来種がいたるところでのさばっているのである。春の七草はまだよいけれど、秋の七草ともなれば尾花（ススキ）とクズとを除いては、野山からほとんど姿を消して、むしろ山野草ブームの中で庭で栽培されているのを見かける方が多い。そして空地には、一むかし前は舶来の雑草で鉄道草とか貧乏車とか渾名のついているヒメムカシヨモギが繁茂するならわしだったのに、今では黄いろの房穂をいちめんにつけて二メートル以上にそびえ立つセイダカアワダチ草が猖獗をきわめていること、すべての人がご存じのとおりである。セイダカアワダチ草の花粉が喘息をひきおこすというのは真実ではなく、あらぬ濡れぎぬを着せられたのだが、ただこの草の強力無比な繁殖力の前にはかの鉄道草さえたじたじと後退したことはたしかである。アワダチ草は、ただそこらの空地を占領しただけでなく、スカイラインなどの開発に伴って山の上まで登ってゆく。コカコーラ並みの普及ぶりといってよい。

このように外国原産の雑草がはびこっているということは、反対に日本産の雑草がほろんでしまうというほどでないにしても、衰退して片隅に押し込められたことを意味しよう。

その現象は、わたしの耕作している二反五畝の畑にもはっきりあらわれている。さきにふれたエノコログサをはじめチカラシバやメヒシバのようなイネ科の雑草は、繁殖力旺盛でしつこくて今もわたしを苦しめてやまぬけれど、それでも舶来のイタリアン・ライグラスがそばで茂りだすと、国産雑草中の強剛たちもまったく影が薄くなってしまう。もう一種、土にへばりついて葉腋ごとに根を張って草取りに苦労させるが、春には美しい瑠璃色の花を目のように開いて見せるイヌノフグリも小型の日本種はほとんど消えうせて、外国渡来の大イヌノフグリがもっぱら縄張りをひろげているし、蓼食う虫も好きずきと諺にまでうたわれたタデも草むらからすっかり姿をひそめて、そのかわりにかなり早く渡来したイヌタデが猛威をたくましくしていると思ったら、この数年来、新しい舶来種で巨大な大イヌタデが進出してきた。そのためにかつて畑に少なくなかったスミレやホトケノザのひなびた可憐な花はめったに見かけられなくなった。

じっさい、畑や道端の雑草の六十〜七十パーセントは舶来の雑草によって占められている。種類の数ではなく、その占拠する面積の比率である。

こういうことになったのは、舶来種がたくましく繁殖力旺盛なためだけではなく、農業のいわゆる近代化が急激に進んだせいでもあろう。農薬が相対的には小さくてひよわな日本の雑草を根絶やしにしたうえ、トラクター等による深耕によってちっぽけなスミレやホトケノザ等々は土の底深く根ごと葉ごと埋められてしまうが、二十センチ三十センチの深い土を押し分けて地上に芽を出すだけの力をもっていない。従来の鋤や鍬による耕起なら、しかるべき季節となれば、かぶった土をわけて芽を日光の下に出すことができたのに、トラクターにかかっては永遠の闇の中で根も葉も朽ちはてる以外の運命はない。

このように雑草の世界では大きな変化がほぼ完了しようとしているが、これを雑草界の近代化と名づけてよいだろう。日本文化や精神の世界は雑草と同じではないとはいえ、まったく無関係とはいえない。雑草を通しても今の日本人の精神や文化のありかたや姿がいくらか見透せるのではなかろうか。

花柳幻舟の会

久しぶりに「渥美火力増設反対連合会ニュース」が新聞の折込みで配布された。中部電力の方は、以前は増設賛成議員のつくる渥美町政策同志会の名前で反対派のえげつない個人攻撃やおべっかつかいの賛成論を載せたビラを配って町民の失笑を買ったのをやめて、自分の責任で「発電所だより」を毎月新聞の折込みで配るようになった。が反対連合会は鳴かず飛ばず、ただ赤佐重助さんという中山区の百姓が個人で、中電の言い分に辛辣な反駁文を書いて新聞に折込み、拍手喝采をうけていた。連合会は居眠りしているんじゃないかとひやかす人もいたが、久しぶりのニュース発行でまだ消滅したわけではないことを知った町民が多かったようである。

が、それよりも、そのニュースの隅に、「増設粉砕、納涼の夕」として、「天下の美女、ひとり旅、花柳幻舟　歌と語りの渥美公演」が中山公民館二階会場（入場無料）という宣伝が載っている方が人々を驚かした。

わたしはテレビを見ないけれど、週刊誌か何かの広告にヌード日本舞踊家花柳幻舟と載っていたことをぼんやりおぼえているし、さらにエリート羽仁一家の恋という記事を読んだのはそう古い記憶ではない。八十になんなんとするわが羽仁五郎先生があの長い顔をすっかりだらりと伸ばして若い女性と並んだ写真が載っていて、「わが最後の恋」という小見出しもついていたような気がする。羽仁先生らしいなと思っただけだが、それよりもときどきわたしのところへ飲みにくるバス会社勤務のD君が、

「テレビのイレブンPMに、羽仁五郎が出て、『わが恋人』花柳幻舟とでれでれやっておった。あんな爺さんでも、ものがきくずらか。幻舟という女はすてきだぞね、あんなええ女があんなくそ爺の女にならんでもええものを」

と口惜しそうにいった。それも飲みに来て、アルコールがまわるたびに、「花柳幻舟はええ女だぞね。あんな女なら、ええなあ」とくりかえすのであった。その美女花柳幻舟が突然渥美も火力増設反対連合会に招かれてやってくるというのである。公害反対運動で全国的に有名な北山郁子夫人が呼んだのだろうが、出不精のわたしといえども天下の美女をこの目で見にゆかざるべけんやである。

当夜、一億二千万円（そのうち中電の寄付金三千万円だったか六千万円だったか、どちらかな？）で建設し、週刊誌に「一流ホテル並み」といわれた中山公民館の会場に入ると、さきにふれた赤佐重助さんが、奥さんから娘さんや孫まで連れて入口に席をとっていた。

「中電反論のビラは評判がええじゃないかね」

とわたしがいうと、重助さんはビーチュウ（ビールで割った焼酎）の晩酌をやって来たらしく、赤黒くてらてらした顔をほころばせて、

「あんなものを重助のやつが書けるはずがない。明平さんが筆を入れているにちがいないというや

つが多くてのん」

といった。（ことわっておくが、わたしは重助さんの文章を添削したことは一度もない。重助さんは、若いころ中野重剛の腹心だった憲政会（戦後は自民党）故杉浦武雄代議士の提灯持ちで、杉浦代議士後援会の福江支部長だったわたしのおやじの子分だったし、在郷軍人分会長だったおやじの部下でもあって、わたしの家にはよくやって来て畑や山仕事の手伝いをしてくれた。わたしの小型耕耘機は重助さんが農機具店に勝手に注文したため、わたしの畑に持ち込まれたのであった。）「ビラを出すたびに、電話がかかって来たりハガキが来たり……バカ野郎と書いたハガキもくるが大部分はよくやったといってくる、この間は年寄りの声で電話で『小中山のもので、今まで増設に賛成してきたが、あんたのビラを読んで反対せにゃいかんと考えを変えた』といって来たぞね」

ビラには夜八時（時間厳守）としてあったのに、八時すぎても開会されなかったのは、どうやら開会の挨拶をする予定の渥美火力増設反対連合会長の清田三一先生が現れなかったせいらしい。三一先生は地曳網に出たままもどって来ないのであった。

清田三一先生は、元海軍軍医中佐、ラバウル海軍病院副院長で、敗戦後郷里の中山にもどって外科医を開業したが、それから三十余年、どんな夜中でも往診に出かける一方、「医者の支払いはだれでも第一番にする。支払えない人は本当に金がないのだ」と医療費を請求したことが一度もない。いわば人間的信頼の厚いことではこの町じゅうに類がない。ただ魚とりには目がなくて、暇さえあれば、海へ出かけて釣をしたり近所のものを集めて地曳網を曳く。まだ自転車が交通機関だったころ、急病人があって、清田医院へ往診をたのみにかけつけると、三一先生は西ノ浜で一人海に入って網を曳いているか釣をしている。海へ飛んでゆくと、三一先生は、「そいじゃおまえの家までおまえの自転車でいって診察してやろう。そのかわりおれが帰ってくるまで、おまえはここで釣をしていろ、（あるいは）おれの続きに海に入って網を曳いていろ」と言いつけて自分は患者のところへ自転車を漕いで駈けつけたのは今でも語り草になっている。

　赤潮で磯魚は大被害を出したけれど、太平洋から小アジ、小サバ、イワシの群が伊勢湾に入って来たので、地曳網も相当の漁獲があったのだろうか、三十分すぎてもついに三一先生は姿をあらわさなかった。三一先生には、美女よりも魚を相手にする方がおもしろいようであった。とうとう他の人が代わって開会の挨拶をした。

　百五十人前後の観客が集った。

　前座をつとめた楽団ハニー・ピースは幻舟附の楽団かと思っていたら、地元中山の音楽好きの青年たちの構成したもので、それぞれ昼間は一人前以上の百姓で、自分でかせいだ金で楽器を買って夜おそくまで稽古を重ねること数年、今では喫茶店にたのまれて出演したりするセミプロなのだそうな。他にもアマチュア楽団が幾組かあるそうだが、若い人たちと付き合いのないわたしは、この田舎も日本一般並みなのだと改めて思い知らされた。

　そればかりではない。観客の四割を占める農家のおかみさんたちは、テレビで幻舟となじみで、わたしよりはるかに実物に接するよろこびをおぼえているらしかった。だからいよいよジーパン姿のほっそりとした幻舟が舞台にあらわれ、椅子に横坐りでマイクをとって、歌謡曲をまじえながら、旅役者の子として差別されいじめられ、結婚したが小姑たちの侮辱に耐えかねて家を飛び出した身の上話や差別反対論にも親近感をもって耳を傾けていたのであろう。

　みんな熱心に聴いていたが、それでも十時ともなれば、明日のこともあるので、女たちは二人三人と中座して帰ってゆく。重助さんも「うむ、なかなかいい」と感心していたが、もう一人の娘夫婦が孫を連れていま家に帰ってきたと呼びにくると、「後からいくでのん」と、名残り惜しげに引揚げていった。最後まで残った百二十人ばかりの人々はだいたい幻舟の語りに満足したようだが、テレビとちがって踊りがないのがものたりぬというつぶやきがないでもなかった。

　それよりも、いまでは、このように集れば、後で一ぱいやらずにはすまない。夜の十一時から山本道雄の家に二十人くらいが集って、幻舟を囲んで懇談会ということになったのはいうまでもない。ビールとおつまみだけだが、飲んでおしゃべりすればいいのである。

　はじまるまぎわに、重助さんが自転車をこいでやって来た。婿たちと一ぱいやって来たらしく、顔が赤くてらてら光っている。だから、幻舟が「羽仁五郎というおじいさんは東大とドイツの大学と二つも大学を出ているると威張っているんです。そのおじいさんはおじいさんで『わが最後の恋』とでれでれうれしがっているし、わたしは、それをからかうのがたのしいし、テレビのお客さんもそれを見てよろこんでいる。みんなよろこんでいるからけっこうじゃありませんか。しかし東大は差別の根源です」というと、重助さんは「ここにそのわるい東大出がいるぞね」とわたしを紹介してくれる。

　ビールが追加され、わたしの持参したそば焼酎が回されると、この春娘婿に招かれて宮崎見物をしてきた重助さんは、ますますうれしくなって、「高千穂のそば焼酎は日本一だで、花ちゃん、さあ飲みな。これから、花ちゃんと呼ぶでのん、花ちゃん」と勢いづく。しかも焼酎が入ったので、一段と元気になって、「北山先生、あんたも別嬪さんだが、年が年だで、今夜は花ちゃんのお母さんになってやりな」と、北山夫人の方に飛火する。北山夫人も、こまったように「ハイ」と答えるよりほかはない。どうやら今夜は重助さんの一人舞台になりそうだった。

幻舟一行、といっても当人と附添いと運転手の三人だけだが、今夜は北山邸に一泊、明朝カー・フェリーで伊良湖から鳥羽に渡り、四国、九州を経て沖縄まで歌と語りの集りの旅をつづけてゆくというと、重助さんは、

「せっかく鳥羽にゆくなら、伊勢エビを食べにゃいかんぞね、花ちゃん」といいだした。重助さんが中電発電反対に力を入れるようになったのは一つには温排水による巨きな海の汚れを実感したからであって、すこし前に鳥羽市主催の赤潮問題研究会に進んで聴講してきたばかりであった。

「伊勢エビって高いのでしょ」と幻舟がいう。

「一ぴき八千円くらいするかな」と重助さんは平然と答える。

「それじゃ」と幻舟がしりごみすると、重助さんは、

「あんたはどうしても伊勢エビを食べにゃいかん」といいながらズボンのポケットから札入れを取り出し、それから一万円札を引っぱり出した。「これで伊勢エビを買いな。八千円出せば一番大きい活きた伊勢エビが買える。鳥羽へいったら、必ず伊勢エビを食べるのだぞね。ええか、花ちゃん」

みんなが一斉に拍手したので、ためらっていた幻舟女史も「ハイ」と受け取らぬわけにはいかなかった。

アルコールがまわったので、めいめい勝手に隣りどうししゃべり合っていた。一隅で二人の不良中

年男が、「今夜北山家に忍びこままいか。おれは北山夫人のところだな」「おれは幻舟の方がええ」とどちらもゆずらず、しきりに品定めをくりかえしていた。すると耳ざとく、その論争をききつけた重助さんが、

「何だ、おしらは。ろくでもないことをいうのをやめろ」

と一喝した。二人の不良中年は、鼻白んでだまってしまった。

散会は午前一時すぎだったが、今夜は幻舟の会というより重助さんの会であった。

初出一覧

ミケランジェロの夕暮　「アララギ」　一九四七年七月～八月
立原道造の思い出　（初出未詳）　一九四八年一月八日（『増補　現代日本の作家』より）
明治文学と下層社会　「文庫」　一九五三年九月
アイヌの人、知里さんの想い出　（初出未詳）　一九五五年三月（『桃源郷の夢』より）
尚江の朝鮮論　（初出未詳）　一九五五～六年？（『増補　現代日本の作家』より）
陽の当らない谷間　「婦人公論」　一九五六年六月
論争における魯迅　「文学」　一九五六年一〇月
土屋文明先生の弟子　「食在中国」　一九六〇年六月～七月
政治の汚れと証言としての文学　「思想」　一九六一年一〇月
文圃堂の人々　「放水路」　一九六三年一月～六六年六月
風吹けばお百姓がモウかる　「世代」　一九六三年一二月
巨大な哄笑の衝撃――『ガルガンチュワとパンタグリュエル』　「日本読書新聞」　一九六五年六月一四日
ダンテの言葉と翻訳　（初出未詳）　一九六六年四月（『桃源郷の夢』より）
ノン・フィクションと現代　「週刊読書人」　一九六七年八月二一日
短歌とわたし　『現代文学大系』第六八巻　筑摩書房　「月報」　一九六八年五月

子規私論序　「短歌」一九六九年九月
レオナルド・ドキュメント　（初出未詳）一九七一年?（『桃源郷の夢』より）
カワハギの肝　「太陽」一九七一年一一月
田所太郎のこと　田所太郎『戦後出版の系譜』（日本エディタースクール出版部）一九七六年一二月
雑草世界の近代化　「林苑」一九七七年一月
花柳幻舟の会　「文藝」一九七八年一〇月

著書一覧

*単行本及び選集等を掲載し、文庫等での再刊本、各種文学全集への再録、翻訳等は除いた。

『ルネッサンス文学の研究』　潮流社　一九四八年八月
『暗い夜の記念に』　私家版　一九五〇年一〇月
『戦後短歌論』　私家版　一九五一年三月
『増訂版　暗い夜の記念に』　私家版　一九五一年六月
『世界文学案内』　中教出版　一九五一年一〇月
『痴漢の効用　小さな町から』　文学評論社　一九五一年一一月
『作家論』　草木社　一九五二年二月
『石川啄木』　福村書店　一九五二年一月
『ノリソダ騒動記』　未来社　一九五三年六月
『文学の方向』　三一書房　一九五三年一一月
『芸術と人生の環』　未来社　一九五四年二月
『基地六〇五号』　講談社　一九五四年三月

『齋藤茂吉』　要書房　一九五四年一一月
『ルネッサンス文学の研究』　未来社　一九五五年一月
『村の選挙』　柏林書房　一九五五年五月
『ルポルタージュ　台風十三号始末記』　岩波書店　一九五五年八月
『現代アララギ歌人論』　私家版　一九五五年一一月
『国境の海』　青木書店　一九五五年一二月
『現代日本の作家』　未来社　一九五六年九月
『細胞生活　共産党員の悲しみと喜び』　光文社　一九五六年九月
『町会議員一年生　一学期の巻』　光文社　一九五七年七月
『革命文学と文学革命』　弘文堂　一九五八年一二月
『現代短歌　茂吉・文明以後』　弘文堂　一九五九年一二月
『田舎の文化・田舎の政治』　未来社　一九六一年一月
『海の見える村の一年　新農村歳時記』　岩波書店　一九六一年五月
『赤い水』　光文社　一九六二年九月
『ドキュメント　田舎・炭鉱・部落』　未来社　一九六三年二月
『増補　現代日本の作家』　未来社　一九六四年四月
『町民大会前後』　三一書房　一九六四年六月
『戦国乱世の文学』　岩波書店　一九六五年四月

『哄笑の思想』　講談社　一九六六年四月
『増補　ルネッサンス文学の研究』　未来社　一九六六年七月
『地方議員の涙と笑い　政治に興味を失った人のために』　番町書房　一九六七年三月
『維新前夜の文学』　岩波書店　一九六七年五月
『わたしの崋山』　未来社　一九六七年一〇月
『記録文学の世界』　徳間書店　一九六八年二月
『椿園記・妖怪譚』　講談社　一九六九年八月
『小説渡辺崋山』上下　朝日新聞社　一九七一年一〇月
『崋山探索』　河出書房新社　一九七二年八月
『桃源郷の夢』　創樹社　一九七三年一〇月
『田園組曲』　講談社　一九七三年一〇月
『渥美だより』　家の光協会　一九七四年一月
『新・古典文学論』　創樹社　一九七四年三月
『大田蜀山人　狂歌師の行方』　淡交社　一九七四年五月
『三とせの春は過ぎやすし』　河出書房新社　一九七四年一二月
『カワハギの肝』　六興出版　一九七六年九月
『化政・天保の文人』　日本放送出版協会　一九七七年四月
『崋山と長英』　第三文明社　一九七七年五月

『渥美の四季』　家の光協会　一九七七年六月
『漬けもの手帖』　平凡社　一九七八年二月
『闇と笑いの中』　河出書房新社　一九七八年四月
『列島文学探訪　北海道から水俣まで』　オリジン出版センター　一九七八年五月
『記録文学ノート』　オリジン出版センター　一九七九年二月
『武蔵野の夜明け』　平凡社　一九七九年四月
『養蜂記』　中央公論社　一九八〇年四月
『私の家庭菜園歳時記』　実業之日本社　一九八〇年五月
『失踪記』　講談社　一九八〇年七月
『君主論の読み方　権謀術数は悪の論理か』　徳間書店　一九八〇年八月
『ボラの哄笑　渥美風物誌』　河出書房新社　一九八二年七月
『歎異抄』　岩波書店　一九八三年一〇月
『泥芝居』　福武書店　一九八四年四月
『老いの一徹、草むしり』　ＰＨＰ研究所　一九八四年一〇月
『天下太平に生きる　江戸のはみだし者』　筑摩書房　一九八四年一一月
『本、そして本　読んで書いて五十年』　筑摩書房　一九八六年七月
『農の情景　菊とメロンの岬から』　岩波書店　一九八八年一〇月
『明平、歌と人に逢う　昭和戦争時代の青春』　筑摩書房　一九八九年七月

『夜逃げ町長』 講談社 一九九〇年一一月
『なつかしい大正』 福武書店 一九九一年三月
『偽「最後の晩餐」』 筑摩書房 一九九二年一二月
『東海道五十三次抄』 オリジン出版センター 一九九四年二月
『当てはずれの面々 江戸から明治へ』 岩波書店 一九九八年八月

＊

『杉浦明平記録文学選集』 全四巻 読売新聞社 一九七一年一二月〜七二年三月

編集のことば

松本　昌次

「戦後文学エッセイ選」は、わたしがかつて未來社の編集者として在籍（一九五三年四月〜八三年五月）しました三十年間で、またつづく小社でその著書の刊行にあたって直接出会い、その謦咳に接し、編集にかかわらせていただいた戦後文学者十三氏の方がたのみのエッセイを選び、十三巻として刊行するものです。出版の一般的常識からすれば、いささか異例というべきですが、わたしの編集者としてのこだわりとしてご理解下さい。

ところでエッセイについてですが、『広辞苑』（岩波書店）によれば、「①随筆。自由な形式で書かれた個性的色彩の濃い散文。②試論。小論。」とあります。日本では、随筆・随想とも大方では呼ばれていますが、それは、形式にこだわらない、自由で個性的な試みに満ちた、中国の魯迅を範とする〝雑文（雑記・雑感）〟といっていいかと思います。つまり、この選集は、小説・戯曲・記録文学・評論等、幅広いジャンルで仕事をされた戦後文学者の方がたが書かれた多くのエッセイ＝〝雑文〟の中から二十数篇を選ばせていただき、各一巻に収録するものです。さまざまな形式でそれぞれに膨大な文学的・思想的仕事を残された方がたばかりですので、各巻は各著者の小さな〝個展〟といっていいかも知れません。しかしそこに実は、わたしたちが継承・発展させなければならない文学精神の貴重な遺産が散りばめられているであろうことを疑わないものです。

本選集刊行の動機が、同時代で出会い、その著書を手がけることができた各著者へのわたしの個人的な敬愛の念にあることはいうまでもありません。戦後文学の全体像からすればほんの一端に過ぎませんが、本選集の刊行をきっかけに、わたしが直接お会いしたり著書を刊行する機会を得なかった方がたをも含めての、運動としての戦後文学の新たな〝ルネサンス〟が到来することを心から願って止みません。

読者諸兄姉のご理解とご支援を切望します。

二〇〇五年六月

付記

本巻収録のエッセイ二一篇は、それぞれの単行本を底本としました。従って表記上の統一はとっていません。

なお「著書一覧」については、杉浦明平『ノリソダ騒動記』（講談社文芸文庫）に収められている**栗坪良樹**氏作成の「著書目録」によりました。末尾ながら記して深い謝意を表します。

また本巻の編集等にあたっては、**中尾務**氏にひとかたならぬお力添えをいただきました。厚くお礼申し上げます。

杉浦明平《すぎうらみんぺい》（1913年６月～2001年３月）

杉浦明平 集《すぎうらみんぺいしゅう》
――戦後文学エッセイ選６
2008年８月25日　初版第１刷
著　者　杉浦明平《すぎうらみんぺい》
発行所　株式会社　影書房
発行者　松本昌次
〒114-0015　東京都北区中里3-4-5
ヒルサイドハウス101
電　話　03（5907）6755
ＦＡＸ　03（5907）6756
E-mail : kageshobou@md.neweb.ne.jp
http://www.kageshobo.co.jp/
〒振替　00170-4-85078
本文・装本印刷＝新栄堂
製本＝協栄製本

乱丁・落丁本はおとりかえします。
定価　2,200円＋税
（全13巻・第12回配本）
ISBN978-4-87714-385-5